朱英誕——著
陳均、朱紋 編

仙藻集·小園集

朱英誕詩集

編訂說明

前幾月中，正當整理《朱英誕先生晚年隨筆三種》完畢，長吁並長歎之際，朱英誕先生之長女朱紋老師云：後年即是朱英誕先生一百周年誕辰，想編選朱先生的兩部早期詩集以為紀念。遂以之商於蔡登山先生，後乃有編選此集之機緣焉。

之所以選擇朱英誕先生最早的兩部詩集，可說者有三：

兩部詩集中，《仙藻集》曾以《無題之秋》名行世，但今已難覓，一般資料著錄為1936年印製，其實應為1935年底。曩日我於北京大學圖書館查詢時，見朱英誕贈知堂之此集，題贈時間為民廿四年冬日也。《小園集》之經歷則更為奇異，原已編好，並請廢名為序，但因戰亂終未印行。將兩集輯為一書，了卻歷史之情與債，誠乃韻事也。此其一也。

上世紀六七十年代，中國大陸社會運動頻繁，全民皆深深捲入，絕難置身世外。而朱英誕先生亦喪失作品的發表空間，但仍每日作詩改詩。並將之前詩作修訂為一稿，名為《花下集》，共約二十餘卷三千餘首詩。此兩集即在其中。因而此書亦是彼時之文本也。我曾以此種寫作為「隱逸寫作」，朱英誕先生即是「毛時代的隱逸詩人」，其文學史和思想史上的價值尚遠未被注意，豈不哀哉！此其二也。

此兩集之風格清新婉麗，常有妙思，如廢名先生所言之新詩中忽然而至的一份宋詞的美麗。亦是新詩中難得的探索和可珍視的源頭性之文本。而今重輯，一冊在手，閒來翻讀，可得無上之美感，樂何如之。此其三也。

最後要交代的是本書之編法：主體部分為朱先生的兩部早期詩集《仙藻集》（曾名《無題之秋》）和《小園集》，以朱先生於上世紀六十年代自訂文本為準，並參校以三十年代正式發表和印製的版本，在篇尾作注。附錄分為兩部分，其一為朱先生的隨筆輯錄，除〈吳宓小識〉外，均從舊刊和遺稿中選鈔。其二為若干關於朱英誕先生的回憶與敘述。

朱英誕先生寫詩甚勤，據云每日不倦，直至一九八三年去世。所遺詩篇達幾千首之多，雖以短製為主，卻不乏長詩。室內古籍亦多，且愛取齋名筆名，常自操琴歌二簧之曲。或曰，其雖寫作新詩，但從寫作方式和生活方式來說，正可謂是一位生活在現代中之古人也。

辛卯春後學陳均識於通州

目次

仙藻集

小園集

【附錄一】朱英誕隨筆輯佚

【附錄二】關於朱英誕

第一冊

仙藻集

一九三二～一九三五

序

林庚

近年來寫自由詩已成了詩壇一股的風氣，這自然是一個可喜的現象；然而究竟我們為什麼要寫自由詩呢？什麼樣子才叫做自由詩呢？似乎許多人還都未弄清楚。自然我們可以說自由詩是不受拘束的；可是初期白話詩又受了什麼拘束呢？「新月」的作品篇篇都整齊有韻嗎？自由詩至多也不過就是不整齊而已，然則何以別於其他的白話詩呢？寫詩的人如果對於這點並不認識，則不但從事於自由詩的人所寫的未必就是自由詩；即我們為什麼要寫新詩恐亦只是逢場作戲耳。

創作第一要忠實，這已成了濫調，然而多少作品的失敗卻仍舊是失敗在這上面。春天裏有杜鵑，秋天裏有草蟲，陶醉時有柳絮，寂寞時有梧桐，……這些寄情夠多麼方便，大家用起來自更不覺得有何拘束。可是平心自問，果真自己靈魂中所感受的，恰恰好就會是杜鵑草蟲柳絮梧桐嗎？每讀「眼前紅日又西斜，急似下坡車」句，覺其生氣勃勃前途無限，此中道理實甚顯明。故寫詩要自由並不在它的形式上，形式對於詩原無必然的關係；陳子昂有名的〈登幽州台〉：「前不見古人，後不見來者；念天地之悠悠，獨愴然而涕下」。究竟是什麼形式呢？而且克服形式上的困難亦不見得是什麼大不了的事，不過在一種草創時期，為要求詩人們能把全部精神注意在表現的忠實上，因此乃離開了與陳舊調子有極大影響的整齊的格式，這跳出陳舊的調子，求得表現的忠實，並不是一件如說得那麼容易的事，也不是一朝一日所可鍛煉成的。卻是許多人彷彿覺得自由詩不過是形式自由的詩而已，這尤其對寫詩的人們，實是今日自由詩的危機。

李商隱的「滄海月明珠有淚，藍田日暖玉生煙」。這自由的表現，才是打開晚唐詩甚至五代詞的局面的作品；這與形式又有何關係呢？近來寫自由詩的人日見多了，而因此在自由詩的形式下，模擬仿作之風也不免時時出現；這不但使人輕視了自由詩；英誕平日常以詩來往，近擬選印，囑為作序，正苦無話可說，心有此感順便寫出，願英誕與我共勉之。

一九三五年十一月三十日

曉角

東方風一天吹到冰上
悄悄的收拾塵沙去了
從冬天帶來的太陽
更多了一點可愛

東方風一天吹到河上
早晨在紫霧的呼嘯中
與曉夢纏成一片
沉下春天的流水

編注：此詩見於《無題之秋》（朱英誕著，1935年印），原題為〈春寒〉，正文為「東方風一天吹到冰上／悄悄地收藏沙塵去了／從冬天帶來的太陽／更多了一點可愛處／／東方風一天吹到河上／早晨在紫霧的尖聲中／與曉夢纏成一片的／沉下春天的流水去」。

紅日

人間隱隱一聲雞
驀地唱出紅日來
更分明了
四方的眼色
歸鴉若有遠方的逃避
紅日乃茫然而沒落了
一個黯然的追求
誰將成夢呢

編注：此詩見於《無題之秋》（朱英誕著，1935年印），原題為〈紅日〉，正文為「人間隱隱一聲雞／驀地唱出紅日來／更分明的顏色／各方的眼界。／／歸鴉若有遠方的逃避／紅日乃茫然而沒落了／一個黯然的追求／誰將成夢呢」。

野望

臨野的窗裏獨自久坐
白雲悠悠馳過原上
天高是如此平曠而又高高的
垂護著遠處的村莊與阡陌

窗上的圖案展開
傍晚枯坐者伏到窗上來
樓下常有似遠來的香
花的夢升起有如定情……

編注：此詩見於《無題之秋》（朱英誕著，1935年印），原題為〈野望〉，正文為「臨野的窗中獨自久坐／白雲經常地熨著青天／而青天是如此平整而且高高的／垂護著遠遠的村莊與農田／／窗之圖案展開來／當傍晚久坐的人伏在窗上了／樓下常有似遠來的香／花息升臨如定情……」。

雪

停雲下若靜室的幸福
普天之下無所呈獻
夜來暖意暗暗
月乃無處投宿

無葉樹開出花兒朵朵
冬來才有的厚意的路啊
門外早行人的足跡
令人遂不辨雲泥

編注：此詩見於《無題之秋》（朱英誕著，1935年印），原題為〈雪之前後〉，正文為「亮雲下若靜室的幸福／普天之下無所獻／夜來暖意暗暗／月乃無處投宿／／無葉樹開出花來／冬來才有的敦厚之路啊／門外朝行人的足跡／與人以薄命之感」。

望海樓

對著河的樓
舊教堂的基石刻有年月
河岸不是沙灘
海水也不知道移向天的何方去了

土居的少年人呢
也隨著海水做了遷客吧
閒話泥砂渡頭
有此水即海之說

編注：此詩所見有二版，其一見於《星火》第二卷第一期（1935年10月1日出版），原題為〈望海樓〉，正文為「對著河的樓／古老的舊教堂／河邊不是沙灘／而海水不知移到何處去了／此海的傍居者／也隨著海水做了遷客嗎／於是有黃泥的河邊／有說此水即海的人」；其二見於《無題之秋》（朱英誕著，1935年印），原題為〈望海樓前〉，正文為「對著河的樓／舊教堂的基石刻有年月日／河岸不是沙灘／而海水不知移到那方去了／土居的少年人呢／也隨著海水做了遷客嗎／閒話泥水渡頭前／有此水即海之說」。

海的夢（一）

海上的雲不復漂流而來
藍天乃包容了所有零亂的
一家家，太陽和花草
甚至大海的水

牧羊的夢想呢
藍天靜止了鈴聲
那更輕於夢的麗句呢
面對著高懸的海水而凝成

編注：此詩見於《無題之秋》（朱英誕著，1935年印），原題為〈海上的夢一〉，正文為「海上的白雲不飄來／藍天乃包容了所有零亂的東西／／春天的林園……夏天的／太陽……與大海的水／／但牧羊女的夢想是更零亂的／藍天卻靜止了凝成的鈴響／／而更輕於夢的詩中的麗句呢／少年人乃留戀海上也成夢了」。

海的夢（二）

夢裏的花開了
乃去對著靜水照著
海的夢仍在池水中
煙靜靜的升上天空

夢沉在水似終不曾撈出
冬天裏唯水仙青得獨好
輕於夢與煙的癡想呢
遂也化作此花而長在水石裏嗎

編注：此詩見於《無題之秋》（朱英誕著，1935年印），原題為〈海上的夢二〉，正文為「因為夢裏的花開了／乃去對著靜水照著抽一支煙／／而海上的夢似仍在池中／於是煙也就輕了／／但夢卻沈在水裏終似不曾撈出／冬裏的水仙青得獨好／／而輕於煙與夢的癡想呢／遂也化作此花而長在水石嗎」。

花間

那夏天蝴蝶的飛動
夢是凝裝而來臨了

一支自藍天中飛下

陶醉於白日夢裏
如此輕輕的呼吸啊

一支翩飛向花間去

我凝視
萬物不靜

編注：此詩見於《無題之秋》（朱英誕著，1935年印），原題為〈夏之蝴蝶〉，正文為「那夏天蝴蝶的飛動／翩翩若凝裝而來的／／一隻自藍天中飛下／／陶醉質的生命／翅膀的姿勢如此比翼的／／一隻飛向花間去了／／我凝視／萬物不靜」。

燈

我覺得我是一盞幸福的燈
於是我又獨自抽一支煙
煙零落在燈前
又彌漫於粉壁間

影也陶醉了
也欲如一縷花香
經過夏天的微風了
燈卻總是光明的

編注：此詩見於《無題之秋》（朱英誕著，1935年印），原題為〈燈〉，正文為「我覺得我似一盞幸福的燈／於是我又獨自抽著一支煙／漫過了一燈零落／畫在那冬室的壁上／影子如六月的陶醉／大抵也欲如一枝花香／經過夏之東風了／燈卻只有著光」。

室思

冬室度過的日子
溫暖而光明
我不能面壁十年
這裏有我的窗外的夢

在冷漠的家家牆頭
窗上吹過塞上的風沙
挾著遠近的寒冷的光影
與家思的同感

編注：此詩見於《無題之秋》（朱英誕著，1935年印），原題為〈冬室〉，正文為「冬室度過的日子／鞋子走在鋪地的蘆席上／除了窗的半面／四壁別無響動的／窗上度過北地的沙風／挾著遠近的寒光／在冷漠的各家牆頭／與家室的同感」。

暗香

夜來平靜無事
夢裏的話是坦然的
嚴更既起
夢是愈熟了

紫檀盤裏佛手的暗香
與更暗示的主人的情親
即令沒有林園間的冷色在目
江南夢也是江南春

編注：此詩見於《無題之秋》（朱英誕著，1935年印），原題為〈暗香〉，正文為「夜來平靜無事／這一宿夢裏的話是坦然的／嚴更之來就／但好夢愈清新了／而紫檀盤中佛手的暗香／與更暗的主人之多情／即令沒有寒色之情分／南遊人終似馥鬱的」。

秋天的逸樂

秋園裏到處是空空的
柳枝在飛塵裏招致
寂寞如淚珠
如一段前事的旋風
乃轉來，轉去，又轉來了
有說不出的話嗎
落葉似乎很安逸
紅似花而蜷臥

編注：此詩見於《無題之秋》（朱英誕著，1935年印），原題為〈燈〉，正文為「秋園裏到處有鏽菌／柳枝在飛塵中招來了／寂寞的地方之眼淚／如一段舊事的旋風／乃轉去，轉來，又轉去了／背地有說不出的話／那紅葉似有著幸福嗎／是黯紅而綣曲的」。

夜笛

春去了，天長日久的鬱結
等待著什麼
一聲裂帛穿雲啊
入秋不復聞蛙鳴
彷彿杜鵑鳥叫
夜來一盞青燈
我哀於人間的苦辛
請容許我說說虛無的故事

跋：小時候喜愛蝌蚪；別的孩子買金魚，我則買蝌蚪。蝌蚪漸大，生足落尾，最後變為蛙，輒一夕不見，很引起我的神秘之感，不知道它們是怎樣「遁逃」的。但我繼而喜歡蛙了。哪裡知道，它遁逃的不會太遠，仍在院落的一隅蟄居著；等到雨天一來臨，它們便又出現了，這一部鼓吹突然喧闐起來。以後我上復特別喜歡雨天，自然也是兒時考查蛙的生活大有關係的。一九三六年補記於北京小園，應淡。

編注：此詩見於《無題之秋》（朱英誕著，1935年印），原題為〈夜聞〉，正文為「春後五六月的鬱結／等待著什麼一聲開謝了／夜來一盞青絹的燈／彷彿若有著木魚聲／似杜鵑叫的遠／入秋不復聞青蛙／霜晨如此耐寒的」。

沉思

——贈林庚

海水之凝定的
古意的沙發
北平之天色的長衫人
秋來為什麼色蒼白而多詩

以微語念著迢遙的迢遙的
與擋著的幸福的手指
招來一個熟悉的地方的沉思
為一個暗笑打斷

編注：此詩見於《無題之秋》（朱英誕著，1935年印），原題為〈想像——贈林庚〉，正文為「海水之凝定的／愛人的沙發上／北平之天色的長衫人／秋來為什麼臉蒼白而多詩／以微語念著迢遙的迢遙的／與搖著的幸福之手指／招來一方熟去處／一個暗笑打斷了」。

苦吟

雨聲是枯葉的遐想
鬼之夜哭
原野上傳來轆轤和汽笛長鳴
鬼之夜哭

鬼之夜哭
飄忽的歌舞的風
鬼之夜哭
神弦曲已不可讀

編注：此詩見於《無題之秋》（朱英誕著，1935年印），原題為〈冬風之夜〉，正文為「雨聲乃地上死葉之遐想／鬼之夜哭／鐵軌處趕來了似野外的轆轤／鬼之夜哭歌舞場之飄忽的音樂風／鬼之夜哭／《神弦曲》已不可讀」。

枯樹

隱兒在梅落中
人在冬日枯思著
我則逡巡到江南了
海鷗在煙波間哀鳴

一面冰窗曬一片陽光
枯樹上棲止的翅膀
多麼可笑
莫告我以陽春召我

編注：此詩見於《無題之秋》（朱英誕著，1935年印），原題為〈春回〉，正文為「因為是隱兒臥在梅落中，／人在冬日乃若一爐火紅。／我乃若逡巡到江南了／海鷗多反復而歌／於是我想著幾聲扣舷／就會獨釣于秋水／此時仍是寒天，／愛著一面水窗曬一片陽光／我乃學了南方之鳥唱／（那棲止的翅膀飛得好笑）／而陽春召我以煙景」。

偶語

蝴蝶來在紅日之前
牽牛花開滿籬牆
招一人來媲美
女孩自憐其影

太陽從容得可愛
細腰是凡人的罪過
庭園裏說牧野的遊興
似嫌參天的樹眾多

編注：此詩見於《無題之秋》（朱英誕著，1935年印），原題為〈庭前偶語〉，正文為「蝴蝶來在紅日之前／架上兩色牽牛花開滿／因此招一人來比美／女孩自憐其影／我說太陽卻從容得可愛／細腰大抵是凡人的／庭前裏說牧野之遊興／似嫌參天樹眾多」。

二月

杏花惹來了遊人
路上的春色無限
園囿因之廣漠了

磬聲似水
我想著一支夜航船
我將航向天邊

山鷹棄了巢(注)
又負起青天了
我徒然點綴著山巔

注：荀子法行篇注「鷹鳶猶以山為卑而增巢其上。」

編注：此詩見於《無題之秋》（朱英誕著，1935年印），原題為〈大覺寺外〉，正文為「杏林二月之春惹來了遊人／我倀倀於路上的春色／園囿乃因春野而廣漠了／磬聲又如春水／我乃想著有一支夜航船／恐怕我將航不到天末／況二月之山鷹棄了巢／又負著青天了／我也徒然點綴了山巔」。

春天的狂風

初春的風，暮春的風
重重的眼色像石頭
春天來臨
我也有了愛與恨

昨夜有狂風
此地蕩然
草上的日色漸濃
何月將有蚊蠅了

編注：此詩見於《無題之秋》（朱英誕著，1935年印），原題為〈春風〉，正文為「二月的春風／少女重重的眼色／陌路的臉向輕輕的石聲／昨夜有狂風／此地蕩然／草上的日色漸漸／何日將有蚊蠅了」。

無言

日落帶來了
一點哀感，我無言
秋天才吟味著春草
獨自散步於荒原

魚知冷暖，水如慈母
愛夢的日子，人也沾染著朝露
眼前紅日之落下
已是另一番的新切了

編注：此詩見於《無題之秋》（朱英誕著，1935年印），原題為〈秋落日哀〉，正文為「我對於梳與發絲無言／一點中年的默感／秋間才想起春草／獨自踱於一片荒蕪之原／我只哀於我沒有過一團暖和／愛夢的日子辜負了朝氣／如今只見紅日之落下／另一番的親切如往日」。

春及

蔭路裏的一點天色
鳥兒呼聲一般嬌
潮濕的道上靜靜的
乃是我要走的路嗎
是誰的履痕淺淺的
石頭轉出另一條道來
遠遠的蔭路的盡頭
一點天色籠罩著
一個戴紅帽的人
獨自走得極慢

編注：此詩見於《無題之秋》（朱英誕著，1935年印），原題為〈春及〉，正文為「兩列樹的一點天色裏／潮潮的道上靜靜的／乃是我要走的路了嗎／是誰的履痕且淺淺的呢／石頭轉出另一條路來／遠遠的籠護著戴紅帽的人／獨自走的極慢」。

海（一）

海是常有風浪孤舟的嗎
巨濤是為了什麼呢
珊瑚島上有真珠
深深的
多年的水銀黯了
自歎不是鮫人
海水於我如鏡子
沒有了主人

編注：此詩見於《無題之秋》（朱英誕著，1935年印），原題為〈海〉，正文相同。

海（二）

平靜的大海
輕輕的潮水也退了
炎夏知道水的溫柔
晴天裏一柄華麗的傘
是我的獨舟的天空
平靜的大海
海濤，興起吧，興起吧，
我愛你的松風之韻

平靜的大海
黃昏的大海
炎夏知道水的溫柔而有力
我願望有一個秋天的賜予

編注：此詩見於《無題之秋》（朱英誕著，1935年印），原題為〈海濱〉，正文為「平靜的大海水／徒然天無白雲／波光之興起／卻似不幹風雲的／輕潮也退時／炎夏知水之溫柔／六月晴天裏打著一把好看的傘／我願一日有一個如秋的賜與嗎」。

夜（一）

淺睡時夜如靜水盈盈的
萬花呈現，共我浮沉
想起是天羅地網
蟲鳥烏獸，我在其中
萬方沉寂
一池春水無風
人當得意這個忘形
夜如靈沼

編注：此詩見於《無題之秋》（朱英誕著，1935年印），原題為〈夜一〉，正文為「淺睡時夜如靜水盈盈的／萬花呈獻共我浮沉／想起是天羅地網／蟲魚鳥獸我在其中的眉色／萬方沈寂／一池春水無風／人當得意這個忘形／夜如靈沼」。

夜（二）

我高興我將是一個夜
彷彿我也可以有疲倦了
夜合花如夢
我也如夢見一處顏色不沾汙

日來白雲緩緩
凝定的藍天如夢
如有著垂垂的
夜之帷幔

編注：此詩見於《無題之秋》（朱英誕著，1935年印），原題為〈夜二〉，正文為「我高興我將像一個夜／彷彿我也可以有疲倦了／夜合花如夢／我如也夢見一處顏色不沾汙／日來白雲緩緩／凝定的藍天如休息／如有著垂護／夜之帷幔的」。

夏之午後

恬靜的夏之午後
走過清音裏想著
藍天與滿河赤目的路上
繁華如一副華貴的枕席

多夢意的天
與窗外的天如海程裏
一樹蟬聲籠罩著我
木葉微脫如一聲棋響

編注：此詩見於《無題之秋》（朱英誕著，1935年印），原題為〈璀璨之夜〉，正文為「夏午恬靜的人家／走過清蔭裏想著……／藍天與滿河赤日的路上／繁花如一副華貴的床枕／那多夢意的臉色／與窗外天如海程的／花後是一樹蟬聲籠罩著／花前的一株石影」。

枯思

因為有著江南的故鄉
北國的夏天特別長
古代的傳說多是美麗的
在春情懷抱以前
是誰擁有良夜
從美景說來
這以前還多一點什麼
我似天天在想著，想著

編注：此詩見於《無題之秋》（朱英誕著，1935年印），原題為〈有所思〉，正文為「我是吐在一口煙裏。／北國的夏天特別長。／古代的傳說多如此美麗的。／在春情懷抱以外：／是誰平日是有良夜／從美景說來；／這以外多點什麼，……／我似天天在想著。」。

枕上作

我願意我的生命如一張白紙
如聖女有她的天堂
日出如昨晚的落霞
我苦於我不知道啊
哪兒是我的家
遊子是他鄉的點綴
故里的情形將又是一番
這一切迫使我重複溫柔的睡去
什麼時候我會想
明朝將是另一個宇宙
我想我將照太陽照出好顏色

編注：此詩見於《無題之秋》（朱英誕著，1935年印），原題為〈晝〉，正文為「我願意我的生命如一張白紙／如聖處女有她青青的天堂／日出的顏色追回昨晚落霞之夢／遊子乃他鄉的點綴／故里的情形將又是一番／溫柔的睡去之後／明朝將是另一個宇宙／我想我將照太陽照出顏色來」。

少年行

如春花與秋月
珍藏著生命的一半
夢與月
找不著此外的行跡
百花臺上的空間
停眸與駐足
在一張圖畫裏
那定形的風啊無蹤

編注：此詩見於《無題之秋》（朱英誕著，1935年印），原題為〈少年行〉，正文為「如春花與秋月／珍藏著一半的生命／夢與夜／找不著的此外之行蹤／象池花臺上的空間／停眸與駐足／在一張圖畫裏／那定形的風跡呢。」。

落花

走在無人之境裏，
彷彿過去前面就是座桃源；
一朵落花有影子閃下，
那翩翩的一閃
覺出無聲並無言；
彷彿落了滿地的後悔，
尋不見一處回避的地方
與水面的不自然。

編注：此詩見於《無題之秋》（朱英誕著，1935年印），原題為〈落花〉，正文為「走在無人之境裏，／似過去前面就是座桃源；／一朵落花有影子閃下，／那翩翩的一閃／覺出無聲並無言；彷彿落了滿地的後悔，／尋不見一處迴避的地方／與水面的不自然。」。

深巷

黃昏做為歸途
迎著夕陽欣喜著
迷人的輝煌的街巷
與踽踽的腳步裏
殘牆之外如畫了
過去的路旁卻是一帶暝色
不定的哪家紅門外
風景樹下看什麼

編注：此詩見於《無題之秋》（朱英誕著，1935年印），原題為〈巷口〉，正文為「因為黃昏做為歸途／走在路上為什麼欣喜著。／望著西方清亮的／與匆忙的步裏，／殘牆之外如畫了。／過去的路旁是一帶暝色／不定的哪家紅門外：／風景樹下看什麼。」。

跋

《仙藻集》一卷，計短詩卅一首。民廿四年冬曾出版，題作《無題之秋》，卅二首。此本刪一首，增九首，一九三六年改訂。對於這些少作，我別無可說，但有一個意思可以記在這裏，對於一個詩的作者，不要忘記他同時也是一個讀者，他讀別的許多人的詩，與自己不同的風格不見得不愛好，卻不一定就會受影響。反之，保留這些詩，也不必是愛好它，尤其不是宣傳，要別人受影響。讀與寫之間是存在著極其廣泛的自由的。我乃根據自己的經驗，最後寫定。朱青榆，記於北京彌齋，一九六五年十月廿四日，燈下。

【附錄九首】冬藏（一）

木火熊熊的，堅實的黃昏
紅煤乃自多深的山裏採來
而供戲雪的孩子們
開始一冬的夢幻的建築

寒冷的黃昏裏
冰埋到了小山腰
五色的石子又沉默又喧嘩
藍天麗日，屋裏的天涯

冬藏（二）

淒冷的妝台，雪花飄開
白日的影子，菱花搖起來
冰深的山澗裏已經橫渡了
雪窗充滿了熱帶風物

孩子像一隻小狗，歪著頭
坐在牽牛花的喇叭前，象春眠
看你棘手的化妝術
爐火之荒山上一場跳月的舞蹈

靜水

月色無垠
輕寒的雪與風
枯枝搖出來回想
吹那青色的星

星光下
青蛙投入水中
靜水彷彿是夜的家鄉
冬夜啊實在太長

風

流落的、綿延的
煙消失在電線上，
落著紫燕的電線；
消失在草笠上，
農之子正在彎腰向農田。
狂風的春天，
大地迴旋；
哪裡是我最愛的地方？
我愛那風，——
那永遠變幻著的窗。

傘

夏綠色的海，
海邊人，
我知道水的空隙。

山外的撈藻船，
紅浪的被單。

支柱著青空的是你嗎，
香菌般的一柄
魔術的傘？

與其在夢裏迷去
走過小花來。（注）

注：最後二行，夢中得句。「去」字本作「路」，晨起足成一詩，改此一字。廿五年夏補記。

無題

當一天葉落下一片時
火欣然舞蹈
無數的光和影的翩躚啊
你曾經無心的放過去了

紙鳶的長線風來割斷
一個氣球破裂的聲音散入天空
野獸和機械是同類
人啊具有一顆植物的心

過客

人間唯有冥冥高飛的鳥
飛入雲如怪石如林的山中吧
夕陰下樹木沉默之喧嘩
蜻蜓停落在小園繩索上

夜窗上耐久的燈光
淡影如星的馬纓花兒散香
兩個美麗的過客走去
爬山虎遍綠高牆

（一九三五年作）

陽光

一

深夏裏草木莽莽
風媒花高過了頑童
採蓮的小船在水上畫一片畫
悲哀啊淡淡的襲上心來

情人的臉如古浮雕
珠淚令陽光變一堆乾草
將令人的生命芬芳
這時候，我心草草……

二

陽光照徹大地
長長的影子伸入花間去
初秋裏的陰路變幻著
楊柳的行列千門萬戶

我羞澀於對那落日的恐怖
無聲的墮下一支（注）
鳳鳥啊，我佇立如落深淵
歎息啊無聲……

（一九三二年盛夏寫於武定侯親戚的老屋裏）

注：吳立亮命工人潘芳作金螭屏几，鏤祥物一百卅種，種種有生氣，遠視若真。一日與夫人戲觸屏，墮其一鳳，頃刻飛去。

跋：這是我所發表的最早的詩，原來四個「印象」，保留其改寫的二首。

第二冊

小園集

一九三六

《小園集》序

廢名

此時已是今夜更深十二時了罷，我不如趕快來還了這一筆文債，省得明天早晨興致失掉了，那是很可惜的事，又多餘要向朱君說一句話對不起，序還沒有寫也。今夜已是更深十二時也，我一口氣一頁頁的草草將朱君英誕送來的二冊詩稿看完了，忍不住笑也。天下有極平常而極奇的事，所謂樂莫樂兮新相知也。其實換句話說也就是，是個垃圾成個堆也。今日下午朱君持了詩稿來命我在前面寫一點文章，這篇文章我是極想寫的，我又曉得這篇文章我是極不能寫也，這位少年詩人之詩才，不佞之文絕不能與其相稱也，不寫朱君又將以為我藏了什麼寶貝不伸手出來給人也，我又豈肯自己藏拙不出頭讚美讚美朱君自家之寶藏乎，決非本懷也。去年這個時候，詩人林庚介紹一個學生到我這裏來，雖然介紹人價值甚大，然而來者總是一學生耳，其第一次來我適在病榻上，沒有見，第二次來是我約朱君來，來則請坐，也還是區區一學生的看待，朱君開頭的一句卻是問我的新詩意見，我問他寫過新詩沒有，他說寫過，我給一個紙條給他，請他寫一首詩我看，然後再說話，他卻有點躊躇，寫什麼，我看他的神氣是他的新詩寫得很多，這時主人之情對於這位來客已經優待，請他寫他自己所喜歡的一首，他又有點不以為然的神氣，很難說那一首是自己最喜歡的，於是來客就拿了主人給他的紙條動手寫，說他剛才在我的門口想著做了一首詩，就寫給你看看，這一來我乃有點惶恐，就將朱君所寫的接過手來看，並且請他講給我聽，我聽了他的講，覺得他的詩意甚佳，知道這進門的不是凡鳥之客，我乃稍為同他談談新詩，所談乃是我自己一首《掐花》，因為朱君說他在雜誌上讀過這一首詩，喜歡這一首詩，我就將這一首詩講給他聽，我說我的意思還不在愛這一首詩，我想鄭重的說明我這首詩的寫法，這一首詩是新詩容納得下幾樣文化的例證。不久朱君的詩集《無題之秋》自己出版了，送一冊給我，我讀了甚是佩服，乃知道這位少年詩人的詩才也。不但此也，我的明窗淨几一管枯筆，在真的新詩出世的時候，可以秋收冬藏也。所以我在前說一句是個垃圾成個堆，其實說話時忍不住笑也，這一大塊錦繡沒有我的份兒，我乃愛惜「獺祭魚」而已。說到這裏，這篇序已經度過難關，朱君這兩冊詩稿，還是從《無題之秋》發展下來的，不過大勢之所趨已經是無可奈何了，六朝晚唐詩在新詩裏復活也。不過，我奉勸新詩人一句，原稿有些地方還得拿去修改，你們自己請鄭重一點，既是洞庭湖還應該吝惜一點，這件事是一件大事，是為新詩要成功為古典起見，是千秋事業，不要太是「一身以外，一心以為有鴻鵠之將至」也。若為增進私人的友愛計，這個卻於我無多餘，是獺祭魚的話，秋應為黃葉，雨不厭青苔也。是為序。
二十五年十一月三月，廢名于北平之北河沿。

自序

我愛江南，雖然我不甚喜雨。傳說中的江南黃梅天氣的那種沉悶，確實把我的懷鄉病打消了大半。

我愛北京，是愛這裏特有的秋高氣爽；但是也愛北京的深巷，還有幽居：「綠陰生晝寂」，宜於我追懷我的詩的故鄉，——「白日心情」，我的最早的詩思。

北京，——改稱北平是什麼時候的事情？這兒，除了園林深密，幾乎小門深巷家家宅邊有古樹，家家各自形成一個小園。常時是過門一瞥，大啟哀思。就是深戶掩花間看起來像是沉悶的，不知道庭院深幾許，實則並不缺失生存空間。古老的理想：「不取高深，但取曠敞」，與當我的繞屋的籬園，更無根本的不同了。

在北京這兒，深刻體驗到「寂寞人前」的況味，倒並不足異；最有趣的是，這兒的冬春兩季的大風，那種可怕的狂風，象一團棕黃色的大霧，而又聲震屋瓦的搖撼著紙窗木屋，以及江南遊子的魂魄的，虎虎的大風，刮起來時，屋裏的燈光卻更明亮，心境卻更平靜，冬天的，或春天的狂風，就是它似乎也來得自由自在，自然而然！雖以善寫「大塊噫氣」的漆園，傲吏工力焉能及此？何況我們的「詩的散文化」！什麼叫「近於野戰」呢？

然而在平夙，我們的落月孤城該是僅有的一點陸地的影子了吧——在這四海為家的時刻。我是多麼羨慕巴哈的終身不出鄉里一步啊！若云「在鄉下重建都市」，是未免概乎言之了。

民國廿五年

暮

天光的低徊裏
我行色匆匆的走著
落日是誰的家門呢
林中的居民多麼幸福

寒鴉如波浪湧起
高樓上此夕的早燈亮了
我祝福，雖然我不是你晚間的來客
冷清的燈柱下我輕輕走過。

行避蟲蟻

青枝護著，綠葉守著
青青的紡織娘
鳥唱隨了輕風飄揚
陽光裏曬著潔白的衣裳。

肌膚的滑柔之感，
知道已經是秋天
行色匆匆的蟻啊
以為這大地是一個球儀

編注：此詩見於《輔仁文苑》第二輯（1939年12月10日出版），為總題〈紫竹林集〉小輯之一首，署名「朱英誕」，原題為〈秋天〉，正文為「籠中的促織／爬到青枝／與枝上的葉子／鳥唱的尾聲／與輕風之落葉／天收去些溫情／乃有各色之冬藏／霜裏面的霧水不見了／皮膚有滑膩之感／秋風在春花上尋思／那裏是家呢」。

玉簪

低徊者
秋天在哪裡啊
肥大的玉簪花
驕傲的像鵝

秋風與蟋蟀同時收斂
一個靜然的時間若質疑
這是什麼時節了呢
鵝頸昂得更高

編注：此詩見於《輔仁文苑》第二輯（1939年12月10日出版），為總題〈紫竹林集〉小輯之一首，署名「朱英誕」，原題為〈牆〉，正文為「坦白的園子裏／秋之低徊者／看大的玉簪花／如鵝頸的低垂著／草地上露水／是蟲聲的宇宙／秋天的西風／與蟲聲並收／大開的窗子若問／是什麼時候／夜裏面夢之流浪／在多高的紅色樓外／而烏雲載了夜去／風雨蝕過的牆上／春山與印水之痕漬／印證了我夢之輕重／與一些幽恨的草兒／已經是多長了啊／青青的天啊」。

落葉的城

世界上有一個地方
以五月為春；
可是，落葉的城，
十月才是。

落葉的城是最美麗的城
儘管紛紛的葉落如雨
大開的窗子若問
青青者天，秋天留滯何處

談夕

秋深了，西風吹起，
知道明日是天晴
一騎駿馬疾馳裏
永不忘懷的談夕

看是吹黃葉落
還是吹黃花開吧
同時撿拾果實和種子
青青者天的底下有人洗馬

編注：此詩所見有二版，其一見於《輔仁文苑》第二輯（1939年12月10日出版），為總題〈紫竹林集〉小輯之一首，署名「朱英誕」，原題為〈西風〉，正文為「秋深裏西風吹起／我知道明日晴了／秋風隨便的流來／又悄悄的走去／說了再見的是我／看是吹黃葉落的／還是等待著／黃花開來罷／梧桐傍穿著輕穿／預備同時拾起果實的／夢之落葉與花子來／想起什麼怨恨了呢／獨自吸一支煙／拾零人又看著青天／天青到無往不利時／廣場的一角上／有人在洗馬」；其二見於《中國文藝》第八卷第四期（1943年6月5日出版），為總題〈損衣詩抄之三〉小輯之一首，署名為「莊損衣」，原題〈洗馬〉，正文為「秋深了西風吹起間／我知道明日是晴天／興奮的走來又沉悶的走去／而說了再見的是我／／看是吹黃葉落的還是吹黃花開的吧／預備同時拾起果實和落花生的夢寐來／花種是太多了／我信任你的手／／紅梅之外青煙斜斜的／天藍到無往不利時／廣場的一角上／有人洗馬」。

飯後

十月吹來傍午的風
才知道沒有離別
分不出哪是陽光哪是風
或是那飯後的鐘

秋天究竟多高而秋風多輕
殘牆楓葉間秋蟲叫了
燕子們輕快的飛舞
早已經成了江南之夢

編注：此詩見於《輔仁文苑》第二輯（1939年12月10日出版），為總題〈紫竹林集〉小輯之一首，署名「朱英誕」，原題為〈古城〉，正文為「七月來了午後的風／我才明白沒有別離／而且秋來時看青山／遠遠的也了無離憂／在殘牆楓葉之間／青天如青山之倒影／有什麼幽怨呢／但秋天究竟多高／而秋風究竟多輕／像燕子輕捷的飛舞／那卻又是江南的事了／但傍晚裏／秋蟲跳出了青草／腳下深深升起／究竟是點草的風”」。

說夢

看看行雲，出去吧
默誦一篇悼文
青松與白石相對無言
人啊是多麼好事

藍天裏雨絲和斜陽舞蹈
一支蝴蝶如負重而飛來
花陰遂作為說夢的場合
夏至日綠葉是更綠一翻了

編注：此詩見於《輔仁文苑》第二輯（1939年12月10日出版），為總題為〈紫竹林集〉小輯之一首，署名「朱英誕」，原題為〈夏之來去〉，正文為「琉璃瓦如波的流下了大雨來／有看著行雲作出城之行／乃默讀一篇悼文似的／青松樹對著白石永久如訴的／夏日的雨絲自然如感泣／藍天裏雨絲與紅月之斜線／一隻蝴蝶也如負重而飛來／花陰遂作為說夢之場所／夏至的綠葉更綠一番了／雨後的花開清醒之使命／遠處笛子那是無言人的／到青山的小腰看夏之來去處／遊子的光陰與鳥雲俱遠了」。

草

離離原上草啊
雨後是更碧綠了
抵一片青天
遠過於隱隱的青山

與流水相約
守護著桃花的顏色
星月在晚霞裏跋涉
脂胭一般更鮮麗了啊

編注：此詩見於《風雨談》第九期（1944年1月出版），為總題〈損衣詩抄〉小輯之一首，署名「莊損衣」，原題為〈春雨〉，正文為「正式的春天，／長青青的草／抵一片青天／遠過於青山／／當流水相約著／那兩岸的桃花色／星子們在霞裏跋涉／來愁對吧／／那駱駝紅／夢中曾夢遊／照鏡中的病眸／而水面有漣漪／魚兒們相愛已成熟／／花又開了一朵」。

小黃河擺渡

黃河的水深深的
彷彿黃土之厚厚的
我喜歡這裏是支流
有讓人等待的渡頭

黃土厚厚的
黃河深深的
我扣問著船舷
你的樹上的花兒呢

編注：此詩見於《風雨談》第九期（1944年1日出版），為總題〈損衣詩抄〉小輯之一首，署名「莊損衣」，原題為〈小黃河擺渡〉，正文為「黃河的水深深的／如黃土之厚厚的／我喜歡這裏是支流／這裏有隱逸的小園／／黃土厚厚的／黃河深深的／我扣問著木船舷／你的樹與花呢」。

大雨

雨落裏石破的喧鳴
森林外雲深處的風
古代的山洪
海上的浪濤，閃來了

伸到天外的大葉子上
雨在搖鈴大唱
花零落在夜黑的天空裏
明月露在自烏雲的洞窟

編注：此詩所見有二版，皆題為〈大雨〉，其一見於《輔仁文苑》第二輯（1939年12月10日出版），為總題〈紫竹林集〉小輯之一首，署名「朱英誕」，正文為「雨落到石破的聲音／森林外雲深之熱風／如古代之山水／海上的浪語，閃來了／堂上大葉子上／平靜的大雨吟／秋天的觳觫味／低落的水禽泡響／如欲鳴起水綠的星／花零落在夜裏藍天發青時／明月昨夜露自烏雲之窟裏」；其二見於《中國文藝》第八卷第四期（1943年6月5日出版），為總題〈損衣詩抄之三〉小輯之一首，署名「莊損衣」，正文為「雨落到石破的聲音／森林外雲深與熱風／如古代的山水／海上的浪語，閃來了／／天外的大葉子上／大雨在唱／花零落在夜裏的藍天發青時／明月在昨夜露出自烏雲之窟裏」。

雨後

花永遠開著
它的向陽的門第
在日之出處
月也走來

落花如火照著我
越過銀河
雲色是更深了
藍天是村邊的小溪

編注：此詩所見有二版，其一見於《輔仁文苑》第二輯（1939年12月10日出版），為總題〈紫竹林集〉小輯之一首，署名「朱英誕」，原題為〈落花〉，正文為「花乃有一個向陽的門第／在日之出處／明月借光／但簾外的細雨如絲／桂樹還如黃葉之被埋沒了嗎／而一日日裏撐著傘／搬運花盆在雨中的足跡／乃留下落花之瓣瓣如燈火／燭於今夕逶迤的讓過泥濘的路／若然／我只看窪裏的水泡之如一座座墳墓」。其二見於《中國文藝》第八卷第四期（1943年6月5日出版），為總題〈損衣詩抄之三〉小輯之一首，署名「莊損衣」，原題為〈轉蓮〉，正文為「花永遠開著／牠的向陽的門第／在日之出處／月也走來／／落花燈火般照著我／越過雨的河／泡影／一座座是誰的小墳塋」。

石像

石像的白衣
什麼風來吹起
傾倒的瓶裏空空的
還是珍藏著雨露

疏雨落在素手上了
一念的無浪
雲縷為我描一支白鳥
由學舌喃喃到無言

月夜

森林又再私語了
沒有人要聽；
夜啊，如投身飼虎
我醉心於你的海

綴星的大幃幔之外
月光靜待
花木是如此清白
沐浴於純淨的光陰

編注：此詩見於《中國文藝》第八卷第二期（1943年4月5日出版），為總題〈損衣詩抄〉小輯之一首，署名「莊損衣」，原題為〈光陰〉，正文為「森林之耳語，耳語／應寂寞的聽著，夜啊／如投身飼餓虎／我投向你的大海的懷抱裏／／我的蚊帳外／月光灑落靜待／花木們／沐浴一天的光陰」。

夢破

醒來在無力的明白時
星月淒涼如淚啊
烏雲冉冉
我願作遙天的水手

滿天如關山的奇險
我拈亮了夜半的燈
願燈做我今夜的夢
當一個美好的願望如夢破時

編注：此詩見於《輔仁文苑》第二輯，為總題〈紫竹林集〉小輯之一首，署名「朱英誕」，原題為〈冬月〉，正文為「薄暮裏的燈冬青華麗的／綠紗的窗子是年青的夜／我醒在無力的明白裏／已不見海外的遺蹤了／一天上滿山清的泉／搖出來明淨的風／雲散了得林深深不見了／如冬日之可愛／青天是天天在故園的／白衣大士的石像身邊／曾灑成一屏風的瓶水冷冷的／小小芙蓉塘上的夢／我明燈一閱／燈乃冬之月的夢」。

寫於高樓上的詩

一往情深的是
從清晨到黃昏又到夜半
沒有夢或是多餘的行動
我做一些人們不關心的事

反照裏大廈傾倒了
但那磊落的人
已走遠去——不復歌與哭
我退卻到高高的小屋裏來

編注：此詩所見有二版，其一見於《輔仁文苑》第二輯（1939年12月10日出版），為總題〈紫竹林集〉小輯之一首，署名「朱英誕」，原題為〈行色〉，正文為「什麼時候裏一往情深呢／從清晨到黃昏到靜夜／乃春色行事的行跡／黃昏裏多半有歎息／反照之中都有些什麼呢／有大廈的影子鋪下行人道／古之燕趙風吹在白巾之中／是光明磊落的／而隨歡之相思明月漂泊罷／在城池的夜如野店荒林／書角乃是什麼的號令呢／新月又掛在紅霞如一座火山／楊柳的渡頭上還沒有行人／是誰一個人渡走了黃昏」；其二見於《中國文藝》第八卷第四期（1943年6月5日出版），為總題〈損衣詩抄之三〉小輯之一首，署名「莊損衣」，原題為〈掃墓〉，正文為「一往情深／從清晨到黃昏到夜靜／沒有夢／隱逸的人沒有多餘的行動／／反照之中都有什麼／有大廈的影子鋪張著／行道樹下光明磊落的人／走遠處。你不要歌哭」。

墓園

道旁的小園再不會遺忘
在鄉野的大道上
墓上的花微笑
一個人沒有伴侶的好

花是對宇宙而開著的嗎
風啊如此美麗而和諧
紙燃燒起來，化作一支鳳子
如你的似的不飛高也捉不住

編注：此詩與下一首〈無題〉，或由〈道傍的園子〉一詩修訂而來。〈道傍的園子〉見於《輔仁文苑》第二輯（1939年12月10日出版），為總題〈紫竹林集〉小輯之一首。署名「朱英誕」，正文為「道傍的園子／在鄉土的大道上／是一所墓地／這裏可以沒有伴侶／花是對宇宙滿意而開的嗎？／乃也有香的寂寞嗎／我看見白紙燃成／一隻一隻的蝴蝶的夢／飛不高也捉不住／當這一坯黃土之小山／我願意化成一彎幽閒的泉水／在山下繞圈／雲縷如白描的鸚鵡／乃也無言如對菊睡去」。

無題

青色的鳥兒
飛過黎明
人們各自知道
夢寐的沉重

小山啊如一抔黃土
我願化作一彎靜水
在你的山下縈迴
任憑花和星來點綴

編注：參見〈墓園〉一詩注釋。

春泥

花的影落在泥土上
高高的長吧
和我的鬱憂一般高
這時候群鳥養羞

風往復如疑問
向那接天的蓮葉
芳香為什麼從不遠引
誰呀說黃土是水的翻身

編注：此詩見於《中國文藝》第八卷第一期（1943年3月5日出版），為總題〈損衣詩抄〉小輯之一首，署名「莊損衣」，原題為〈河柳〉，正文為「風飛複著，問一句話／向連天的蓮葉和蓮花／是嗎／據說，黃土是翻身入睡的水／／遠處有垂睡的楊柳／當花香隨了月光／飄然遠引，這時候／是群鳥養羞的／永遠碧綠而又深邃」。

守望

有影子為伴
那麼，走吧
高原上一株孤獨的松樹
守護著月明和夢

遙遙辨識著
家門在天的一方
看那落霞高飛著
極目有帆影出現

編注：此詩見於《輔仁文苑》第二輯（1939年12月10日出版），為總題〈紫竹林集〉小輯之一首，署名「朱英誕」，原題為〈原上〉，正文為「原上凸圓如地球儀／乃得意于環城林木／原上若無有四回／我自隨身有孤影／遙遙辨出／通明的西方／有我在北平的家／朱門兩扇與／孤霞與孤霞／天上的夜色如水綠／自淒涼的巷口／有員警來值班／守望明日之還晴吧」。

新晴

夜過了
卻是黃昏來臨
東方架起七色的虹橋
來看競渡海邊人

放下你的琴
一縷堅定的光輝
來掘墓嗎
而天末的旗幟每見於高空

編注：此詩所見有二版，其一見於《輔仁文苑》第二輯（1939年12月10日出版），為總題〈紫竹林〉小輯之一首，署名「朱英誕」，原題為〈夜雨〉，正文為「雨前的青天有七色／昨晚的雲頭如夢幻到了／傾盆的大雨裏／天上黃月窗外乃無邊際／在流上也有螢大作一線／誰的幽怨著的淚痕嗎／清晨射出初日之光線／如來掘人間七色之墓的／而天外的旗幟又每在高空／戀著誰的想頭呢」；其二見於《中國文藝》第八卷第四期（1943年6月5日出版），為總題〈損衣詩抄之三〉小輯之一首，署名「莊損衣」，原題為〈黃梅〉，正文為「雨前的青天／七色蠕蠕／你畏縮的變色蟲／是你的愛好／／傾盆大雨，在深閨的夢裏／懸想到海上吧／若有嫋嫋的螢火／我也有一線的光明／／以弓形的手臂奏起琴來／晨曦的光／來掘人間的七色的墳墓／再沒有歌哭／／菱花動搖著／天末的旗幟每見於高空」。

青春之歌

——詠夾竹桃

乳白的天空
今天永在破曉中
我將精雕著夢
永不完工

淡紅的花啊
有著長長的青春
在秋之來以前依舊盛開著
北京的秋天無限美好了

編注：此詩見於《中國文藝》第八卷第一期（1943年3月5日出版），為總題〈損衣詩抄〉小輯之一首，署名「莊損衣」，原題為〈青春〉，正文為「乳白色的天，今天／遂落在破曉的手裏／四月是馥鬱的含著／雨的夢意和給你寫的信／／水紅花有最長的青春／在秋之來前過已經過去／藍天不明的參商星的／追逐，我歌哭你抓住人類的永恆／／青色的鳥兒／飛過黎明／我們各自都知道／夢寐的沉重／／手試接疏雨／一念作珠花」。

海天私語

海天私語著
再沒有人來
涼風如一片石頭之潔白
誰把一個小盆放在這裏了

寂寞是聲音的主人
坡是我喜愛的路
當傍晚人來了又去了
任憑花兒自開自落吧

編注：此詩見於《中國文藝》第八卷第一期（1943年3月5日出版），為總題〈損衣詩抄〉小輯之一首，署名「莊損衣」，原題為〈寂寞〉，正文為「在海天之木末／涼風起來了／你們的扣上寶缽／祈禱的手捧著什麼／試聽自己的腳下／（寂寞是聲音的主人）／是足音，一步兩步／還是數武白石的道路／／坡是我喜歡的／再沒有人來了吧／當客人來開花之後／我作了靜境的主人」。

原野

漁夫到海底作客
遇著樵子在珊瑚島
你們的歡樂是
我的海愁

一盞燈淒涼的一現
靜夜有高高的天
月亮高高的照著
原野的無邊

編注：此詩見於《風雨談》第九期（1944年1月出版），為總題〈損衣詩抄〉小輯之一首，署名「莊損衣」，原題為〈夢的悲哀〉，正文為「太美的浴日出水了／漁夫到海底作客／遇見樵子在珊瑚島／你們歡樂做我的海愁／／一盞燈淒涼的一現／靜夜裏有蔚藍的天／每晚，末一次風的歌哭／花香散著夢，你停住絮語／／在更聲之來前／平添一隻搖籃曲／夜短短的／夢的悲哀」。

秋心

秋天的藍水流過
銀河河畔
無人拾的花果
漂泊吧

漸有隆重的心
於那嚴寒的黑暗裏
凍紅了！溫柔的是那
情人的渡口鳥兒作船（注）

注：鵲橋應是浮橋，故曰船

編注：此詩見於《風雨談》第四期（1943年7月出版），為總題〈損衣詩抄〉小輯之一首，署名「莊損衣」，原題為〈冬深〉，正文為「秋天的藍天流過／銀河畔的星子／那無人拾的花果／漂泊吧，漂泊吧／／是誰雕刻的／這情人的渡口／我的軌跡呢／風輕輕自問／／冬夜有隆重的人／於那嚴寒的黑暗裏／凍紅了，溫柔啊／梅枝指示作種種的夢」。

元夜

輕輕的履冰人
告我以已經是春天
風在水上
將是容與的小船

春寒裏初生的紅意
應令你征馬不前
春天的風吹起各色的燈
乃時有高大的影閃過樹間

編注：此詩見於《風雨談》第四期（1943年7月出版），為總題〈損衣詩抄〉小輯之一首，署名「莊損衣」，原題為〈元夜〉，正文為「輕輕試著冰，薄命的／風在水上是小船／春寒裏初生出紅意／而你令你的征馬不前／／乃時有高大的影子／各色的閃過樹上的燈／冬天的風在天邊盤旋／春天的迴圈，輪迴的帆／／送給你鮮花的圈／大地。孩子們的高興／鐵樹開花，開在手中／在陳紅的胭脂裏下種」。

夜之寶藏

銀河有最輕的水紋，
夜行人如最輕的風；
遙望都市的燈火，
樓啊辱沒了星！

星，飄流而過，
啊，疏密如相知；
夜之寶藏多於海上，
啊，冷暖如聚首。

編注：此詩見於《風雨談》第四期（1943年7月出版），為總題〈損衣詩抄〉小輯之一首，署名「莊損衣」，原題為〈我怕想〉，正文為「銀河有最輕的水紋／夜行人如最輕的風／遙望都市的燈火／樓，一座座的／星子們建築而成／無聲，我怕想／如今也有樂園／乃落在指視之間了／而你的袖珍的夢／我也無動於中／／星子們漂流過／啊，一個個孤獨／夜之寶藏／疏密如相知的人／冷淡如聚首的墳／月色如果是風塵／迷了你美麗的眼睛」。

夜

夢是夜的浪花
銀河是清淺的啊
每一個孤星之村落
都滿是漁火

風吹著枯樹
勿射那最後的一輪紅日
那唯一的海的寶藏
願到人間來徜徉

編注：此詩見於《風雨談》第四期（1943年7月出版），為總題〈損衣詩抄〉小輯之一首，署名「莊損衣」，原題為〈夜〉，正文為「誰家的夢寐／魚貫而行／夜的浪花／銀河是太深了／風圈若一夕／變成彎彎的虹／你開這長弓／射下那第十落日的紅／／夜深的窗中／一點的輕風／夏天的夢／／引誘我，在望／每一個孤星之村落／都滿是漁火」。

飛英散葉

秋風高高的
如英雄的步履
涼風起於天末裏
客至，我歡迎

這太沉默的客人
我問誰呢
飛起紙鳶來
是春天還是冬天

編注：此詩見於《風雨談》第四期（1943年7月出版），為總題〈損衣詩抄〉小輯之一首，署名「莊損衣」，原題為〈問〉，正文為「秋風高高的／如英雄之步履／我輕輕狂喜／燈虎——謎語／／涼風來的時候／客人來了，我歡迎／手接一片飛落的樹葉／無語／／這不說話的朋友／我問誰呢／飛起紙鳶來／是什麼時候的事情」。

追念早逝的母親

青天老是蜷臥著
我也輕輕入夢
夜的深處是母親
夢乃若輕舟觸岸而醒

明月照在我臉上
母親啊是我的鏡
我看夢
彷彿照著一池春水

編注：此詩見於《風雨談》第四期（1943年7月出版），為總題〈損衣詩抄〉小輯之一首，署名「莊損衣」，原題為〈兒時的夢〉，正文為「薄暮裏入夢／青天的影響／／夜的深處，母親／夢如輕舟攏岸而醒／／明月照在我臉上／母親，我的鏡子／／我看夢如看風景／亭子／　回首是一片青天／山下的人看見我的衣裳了嗎／那邊有正在下山的人／乃漸漸離了天高而下去／／再沒有記憶／冷酷的殘更／歎息／突然倒塌了建築物／兒時的夢／草綠／我發育／歎息」。

蜂

黄蜂乘一片飛絮飛來
且找著故壘在樹間了
攀得上那花球
即使你捷若秋風

鄉野的大道上秋風之動容
但春天的路
知道有多少啊
垂柳是誰家的穹廬

編注：此詩見於《風雨談》第四期（1943年7月出版），為總題〈損衣詩抄〉小輯之一首，署名「莊損衣」，原題為〈蜂〉，正文為「蜂乘著片飛絮飛來／且找到了昔日的窠在林間／攀得上花球嗎？你愛／你懷抱著的是一縷秋風／／鄉野的大道上秋風之動容／而有人叉腰走進／垂柳的林裏，春之閨中／又箭一般的／燕子，青春逝去」。

郵亭

晨曦入室了
若一曲駝鈴
無聲而輕輕的驚醒夢
鳥啊，天空的路知道有多少呢

郵亭獨立在彩雲下
如一個好老人
薄薄的一本書
我有勇氣寄給誰呢

編注：此詩見於《風雨談》第四期（1943年7月出版），為總題〈損衣詩抄〉小輯之一首，署名「莊損衣」，原題為〈過郵亭〉，正文為「朝陽啟示我／一曲無聲的鈴／輕驚醒人的夢／此時是誰才回來到家／／而家家的夢羽／正翩翩辭去／春天的路／誰知道有多少呢／／郵亭獨立在雲彩下／薄薄的一封信，鄭重的／我想我有勇氣寄給誰」。

黃葉

林間的黃葉
在我的臉上彷徨
還認識嗎
經過了無數風霜

於風吹雨打之後
仍有一些自己飛落下來
投入我的懷抱
或埋首在黃土裏

編注：此詩見於《風雨談》第四期（1943年7月出版），為總題〈損衣詩抄〉小輯之一首，署名「莊損衣」，原題為〈黃葉〉，正文為「林間的黃葉／在我的臉上彷徨／還認識我嗎／經過了無數風霜／／於風吹雨打之後／仍有一些是自動的／飛落了下來，埋頭／在投入我的懷抱之外／／綠頭的蒼蠅們／也有多情的聚首／小仙人的翅膀風／秋深，雨都埋存黃土裏／／雖曾經縷那雨絲／一隻多血質的手／拍那自然落淚」。

西沽村晨

鳥鳴於一片遠風間
風掛在她的紅嘴上
高樹的花枝開向夢窗
昨晚暝色入樓來

最高的花枝如酒旗
也紅得醉人呢
望晴空的陽光如過江上
對天空遂也有清淺之想

編注：此詩見於《風雨談》第一期（1943年4月出版），為總題〈損衣詩抄〉小輯之一首，署名「莊損衣」，原題為〈西沽村晨〉，正文為「樓下的窗／窗簾飄開了／一片遠風與鳥唱／鳥唱在一片遠風間／遠風卸掛在紅色的小嘴上／高樹的花枝開上夢旁／而最高的花枝若酒旗／也紅得能醉人／鳥飛向晴空的陽光裏／如過江上／天青／遂也有清淺之想／看盡了陌頭／回過頭來」。

雨前

孤另的長竿上
挽留一線的黃昏
與一朵雲頭如一葉小舟
來令四方矚目吧

高樹聲響下矮樹覆著花
飛絮比燕子滿天飛得低一層
天外的一片青天
淡遠的仍作青山色

編注：此詩見於《風雨談》第一期（1943年4月出版），為總題〈損衣詩抄〉小輯之一首，署名「莊損衣」，原題為〈雨前〉，正文為「孤單的長竿上／挽留／一線的黃昏／與一朵雲頭如一葉小舟／來令四方矚目吧／高樹聲響下矮樹覆著花／飛絮比燕子滿天飛得低一層／鄭重的紅門開開／天外的一片青天／淡遠的仍作青山色」。

細雨如絲裏我想，
風應該是誰的家門呢？
夜色，離披，
蜘蛛又在簷間結網了。

美麗的人應該有一柄傘，
新晴裏又換一柄更好看的傘
傘，魔術的傘，
應該別是一重天。

編注：此詩見於《風雨談》第一期（1943年4月出版），為總題〈損衣詩抄〉小輯之一首，署名「莊損衣」，原題為〈傘〉，正文為「細雨的聲音裏我想／風，應是美人的家門／而夜色離披的時候／蛛蜘又曬網在飛簾／美人有滿月的傘／為了新晴又換一柄／傘／別有洞天」。

塞上

佳節是慟哭的日子
唯紅日是一盞燈
年久無人的島嶼
一朝發現了
你曾那樣歌唱
家家戶戶都有過悲哀
惟有你的眼淚落在塞上
如花的影落上泥土一樣

塞下

初晴的時候，
青空露自烏雲的洞窟裏；
有人來到泉水邊，
飲馬（不致投錢）。

水啊流去這裏的日月了，
白雲高高的蔭覆著；
那低音的歌曲，
孟姜女哭倒了長城。

編注：此詩見於《風雨談》第九期（1944年1月出版），為總題〈損衣詩抄〉小輯之一首，署名「莊損衣」，原題為〈飲馬〉，正文為「初晴的時候，有人／青天露出自烏雲之窟裏／有人來泉邊——飲馬／水流去這裏的日月了／／花影落在黃土／長長我的憂鬱／盛意可感／不禁落下有含量的淚／／白雲高高的蔭著／你低音的歌／年久無人的島嶼／一朝發現了你曾那樣唱／長長的午後冥想者／臉色已經入夢了而嘴角／微開了，／露出愛字的觸鬚來」。

花

花清涼而如天
微風拂搖
搖出來月，搖出來夜，
大海水的嬌美浪啊
離群的人
作一個詠花人
花兒拂搖
芳香是無形的啊

跫音

令人無端的想著
心如雨絲風片
水銀柱升降無定
若遙遙指示給我
那杏花的村落
我便迤邐行去
尋找著一春的風雨
和風雨裏的跫音

編注：此詩見於《風雨談》第四期（1943年7月出版），為總題〈損衣詩抄〉小輯之一首，署名「莊損衣」，原題為〈雨〉，正文為「令人無端的想／起心事的是雨絲／／紅色的水銀柱升降著／你有一定的心計嗎／若是遙指示給我／杏花的村落／我便迤邐行去／尋找一春的風雨／零落的足音／／當門樓上閃過／三色的樹葉／這時候我作客／我已經聽你的話了」。

知更

再沒有記憶如天外三峰
突然倒塌了什麼建築物
兒時的夢彷彿草綠
我歎息……孩提的發育
而更聲使我日益嚴肅起來
我知道已經是冬天
知更鳥，她還在那裏打更呢
我歎息人間是如此黑暗與寒冷啊

獨琴

黃金的雲梯
立起來了
如烏鳴的風吹過
追憶著的是
暮色裏的白波
落日如落花似的落下
青春既然遠逝
鳥兒來銜去吧

編注：此詩見於《風雨談》第九期（1944年1月出版），為總題〈損衣詩抄〉小輯之一首，署名「莊損衣」，原題為〈獨琴〉，正文為「一曲獨琴，靜意／那是黃金的雲梯／立了起來／淘氣的人兒莫拆臺／／如鳥鳴的風／吹過／鳥銜了殘花瓣／江綠的長眠／落日流水似的／逝去了，當青春／已不履行‘再見’／又放上一張唱片」。

歸宿

此時白日天即是海
白雲是羊群的伴侶
明明是海上的情意
容納著自然之歸宿
那古昔和遠方的事
以及我們，你和我
相知者的緬懷
悠然的存在

編注：此詩見於《輔仁文苑》第二輯（1939年12月10日出版），為總題〈紫竹林集〉小輯之一首，署名「朱英誕」，原題為〈陽光的林子〉，正文為「陽光的林子綠而白的／汗意的臉上有清淚嗎／若滴在白雲與綠林上嗎／樹香裏灑出多細的雨絲兒／樹脂交流著白日香／這時的白日天天即海／白雲乃牧羊的良友／明明是海上的情意／容納了自然之歸宿／是誰在遠方有相知／嗨，無聲音的伏天裏」。

長天小影

長天小影，美麗而黯淡
是那蟻門方酣時
和史冊平行的記載
天一方有如植物的人
六月裏無人來澆花灌草
黃鸝鳥叫得清脆啊
可是，煞風景嗎，
蘋果和孕婦，多麼有趣，
如小巫之見大巫

編注：此詩見於《中國文藝》第八卷第一期（1943年3月5日出版），為總題〈損衣詩抄〉小輯之一首，署名「莊損衣」，原題〈遭遇〉，正文為「美麗的長天小影／念美人在水一方／天一方有如植物的人／蘋果和妊婦，小巫見大巫／六月裏無人澆花草／黃鸝鳥的聲音清脆了／一時的清涼國／擰扯著我和我的心／／花是淒涼的火首／微微的搖，搖出來／明月，搖出我的夜／這海浪，離群的水啊」。

偶然

黃梅雨的天
夜未央
輕陰下無半點塵
人如夢
轉入那林中的家門
每一首詩得之於偶然
偶然與繼續
也如夢
而平行於漫長的一生

編注：此詩見於《風雨談》第一期（1943年4月出版），為總題〈損衣詩抄〉小輯之一首，署名「莊損衣」，原題為〈冷血〉，正文為「黃梅雨的天／夜未央／輕陰下毫無塵夢／一個如風之窈窕的人／我看見，靜靜的／轉進她林後的家門／偶然與繼續，雨的珍珠／打一個冰雪般的寒戰／冷血啊／伸手到燈前／也是紅色的／燃燒掉／你的濕手帕／我的寂寞」。

秋天的沉默

無數的顏色
如入夢中了
我懂秋天的沉默
處處的獨立
獨遊人沒有話說
一身以外
一心以為有鴻鵠之將至
淒涼如一片秋天的黃葉
人影如風的吹過

編注：此詩見於《風雨談》第一期（1943年4月出版），為總題〈損衣詩抄〉小輯之一首，署名「莊損衣」，原題為〈秋日〉，正文為「秋月應加上／薄綿的壞色衣裳／無數的顏色／淡遠過青空去／獨遊人有仙人的幸福／沒有一句話可說／無數的獨立／一點點溫情／一身以外／一心以為有鴻鵠之將至／淒涼如一片秋之黃葉／人的影如風／徐徐走過」。

雨中花

雨啊是我的窗
人回來如來避雨嗎
如在彼岸之茫然
孩子們造好了船隻
正在花樹下繫纜
而且大聲的喧嘩
隔水的聲音是美好的
想此時綠野無人蹤
雨中花，雨啊是你的家

編注：此詩見於《風雨談》第九期（1944年1月出版），為總題〈損衣詩抄〉小輯之一首，署名「莊損衣」，原題為〈夏天〉，正文為「沈思的樹下／雨來了，搖擺著／醉顏的圓的頭／當你是安於死的時候／／雨遮過玻璃窗／百葉窗和窗前的花／成了河的院落／那是你和我的家／／你回來了如來避雨／如在對岸，茫然著／兒女們正摺好紙船／在樹下系纜，而喧嘩／／隔水的聲音是美好的／夏天是出門的日子／想這時綠野無仙蹤／雨中的花，雨是你的家」。

窗

——贈小容（注）

流浪者的天的一方
作你的夢夢的小池塘
夜來留下點月光為伴
一株茂密的垂柳
高高的草的情面
採放在搖籃邊
就在這兒安眠
年輕的母親不會女紅
遂笑那雲霞的捉弄

注：給林庚的女兒

編注：此詩見於《風雨談》第九期（1944年1月出版），為總題〈損衣詩抄〉小輯之一首，署名「莊損衣」，原題為〈贈小容〉，正文為「窗，天一方／做你夢中的池塘／燈下留著些月光／一株茂盛垂楊柳／高高的草的情面／／又採在搖籃邊／就在這兒安眠／年輕的母親不會女紅／遂笑那／雲彩的捉弄」。

撈藻船

小舟是探索什麼的嗎
前途一樣是過程
水中沒有墳塋
月如一塊潔白的石頭
誰來撈出呢
彷彿是最後的一支
若追之不及
孤寂的，但終於也去遠了
而一支撈藻船仍滿載而不歸。

編注：此詩見於《風雨談》第九期（1944年1月出版），為總題〈損衣詩抄〉小輯之一首，署名「莊損衣」，原題為〈無題〉，正文為「碧城的水／美麗之歌喉／那是什麼時候／你曾經遨遊／／船上的雙槳如翅膀／去探問著什麼呢／前途一樣是過程／這時候無聲勝有聲／／水中有仙人的小墳塋／月如一塊白石而撈不出／末尾的／一隻小船／如獨有孤寞／若追不及的／也去遠了」。

無愁

與綠葉相隔，
幾日的光陰呢，
雪已經紛紛落下。
赤足水仙花，
冰天雪地終不是家園，
冬天的狂飆在天邊盤旋。
不須盼著暝色入高樓，
花與鳥都正在雲遊，
惟住在愁城裏自沒有憂愁。

編注：此詩見於《風雨談》第九期（1944年1月出版），為總題〈損衣詩抄〉小輯之一首，署名「莊損衣」，原題為〈春雪〉，正文為「赤足的水仙花／自有她們的家／在冰天雪地裏／獨享有純潔與溫情／／春天的狂風如狂歡／雪是永遠的無聲無色／但與綠葉兒相隔／只有幾日的光陰呢／／而樹的樓／有天高的愁／花與鳥／都正在雲遊」。

懷疑

天色低撫而徘徊
家門與落日
是和睦的鄰居
分享小園裏的蔬
也分享著夢呢
斜陽留戀著流水
也留戀著的古庭院
沒有月明的夜來
更聲又犬吠
如果夢是光明的，
也來分享我的懷疑嗎

編注：此詩見於《風雨談》第九期（1944年1月出版），為總題〈損衣詩抄〉小輯之一首，署名「莊損衣」，原題為〈懷疑〉，正文為「又伴著夢回來／天光低低的徘徊／家門與落日／他們是有情的比鄰／／斜陽傾心流水的聲音／寒鴉群如波浪湧起／高樓的窗裏亮了／我的流浪的心荒了／／沒有月的夜／更聲又犬吠／我落在你的夢裏／而夢是否是光明」。

大雨

從黃土裏出生成長
這時候宜于靜靜的想
雨後花散發著濃香
白石上流過大雨
平如一面蟲鳥的鏡了
晚來天晴如一線晨曦
花又飄過香來
當紛紛葉落歸根時
我吟味著她的鄉愁
陌上的行人
你翩翩於傘下
想些什麼呢

編注：此詩見於《風雨談》第一期（1943年4月出版），為總題〈損衣詩抄〉小輯之一首，署名「莊損衣」，原題為〈夏之陣雨〉，正文為「夏之陣雨／看野生的植物／從黃土裏生出，長／青的葉子，鄉愁／跳躍的花燭／這時候宜於靜靜的想／透濕的花已經濃香／石上流過衝衝的雨／平如一面蟲鳥的鏡子／此時天晴／若一線辰曦／晴絲映帶著／花又香了起來／陌路人／你翩翩於傘下而不自如／華麗的園蓋／我已在天外」。

遊子界說

你羨慕誰的行止呢
遊子？你總是說
江南是春天的夢

暮投何處呢，你沉思
高大的樹挽著斜陽
什麼事啊使你面北眉南

編注：此詩見於《輔仁文苑》第二輯（1939年12月10日出版），為總題為〈紫竹林集〉小輯之一首，署名「朱英誕」，原題為〈黃昏〉，正文為「園子裹各有思路／遊子欣羡誰的行止呢／樹端的融洽間／暮之色如輕輕夢的初來／處處且記下黃昏的鐘點／是西望的時候／暮投何處呢／你思索／斜日的紅線／卻畫於樹與我身畔／與我的思路慢慢的」。

白日

黃昏了霞如香土
黃昏了星似明珠
沉埋啊，深深的

陽光的林園裏綠意無限
白日的芬芳裏沉思
直至古鏡叢林中升起時

編注：此詩見於《輔仁文苑》第二輯（1939年12月10日出版），為總題為〈紫竹林集〉小輯之一首，署名「朱英誕」，題為〈黃昏的天意〉，正文為「愛黃昏的霞如厚土／黃昏的星子如明珠／我愛在這時／看家家門首有人／無際的盼望是什麼／時側首而看半天／乘涼的胡同裏／靜靜的／當半圓的明月升起／一個天意如有懷抱／夜色渾厚裏／青色的眸子沉黑／繁星點綴了落花的夢／夢見真理與美麗了」。

風景

高山上亭子如一把傘
回首是一片青天
山下的人看見我嗎
那邊有正在走下山的人
乃漸漸離了天高而下去

遊喚

遠方有美麗的小山腰
我們約好去看那秋天的來去
大地是迢遙的
詩是悠然而存在

落葉樹

高樓上閃過五色的樹葉
如五色的春雨而行色匆匆
此時我作客……唉，當時
我還沒有結識寂寞，我的良朋

暮色

人們於漫天追想裏，
日已沒了，霞飛遠去；
薄暮如黎明之美麗，
美麗如夢初醒

編注：此詩見於《風雨談》第九期（1944年1月出版），為總題〈損衣詩抄〉小輯之一首，署名「莊損衣」，原題為〈薄暮〉，正文為「河畔的園子沒有主人／楊柳作愛國者的連袂／古代有神秘的火／遂令死灰復燃燒起來／／霞飛遠去／／人面於漫天追想中／日已沒了／半邊的明月靜靜升起／我吻你／你的臉是乳白色的大理石／這忠實的少女／啊，霞飛遠去／給了左腮又給右腮／薄暮如黎明之美麗／如夢初醒，美麗雄雞／高歌吧」。

寒冷

日影冷淡如月色
松柏則是黑黝黝的
風給顏色，給影子
一點聲音，那是我企盼的

編注：此詩見於《風雨談》第九期（1944年1月出版），為總題〈損衣詩抄〉小輯之一首，署名「莊損衣」，原題為〈寂寞〉，正文為「紅竹的長竿／綠竹的長竿／那是扶植花兒的／在花的時間／／鉛筆的籬下／日影冷淡如月色／而松柏若有青天之同情／同作這人間嚴格的背景／風呢／給顏色／給影／一點點聲音」。

歸

溫柔的足音
沉醉
長林的甬道那邊
有穹門的光亮

孩子們墜著秋千
我走過去
葡萄熟透在無花的路上
石像永遠是孤單的

汽車的紅箭指過去
嫋嫋的遍綠的街間
多高的紅樹上才有夢寐
晚來的露臺上沒有遠眺

當流浪歸來
濛濛中
吹起一道
碼頭的長笛

編注：此詩所見有三版，詩題皆為〈歸〉。其一見於《輔仁文苑》第二輯（1939年12月10日出版），為總題為〈紫竹林集〉的小輯之一首，署名「朱英誕」，正文為「軟木上有溫柔的足音沉醉／甬道中那邊有門的亮兒／走過孩子們打著墜秋千處／葡萄熟透了在無花的路上／點綴著誰的異鄉的夢嗎／我看見石像孤單的／來時是在白月裏／這時是照著月麗時／汽車的紅箭指過來／遍綠的街間／半圓的樓前儲蓄著晚夢／也順著喇叭洋溢了／我流浪回來／紅樓中我的室門呢／明月自窗下升上裏／濛濛中／起一道碼頭的長笛」；其二見於《中國文藝》第八卷第二期（1943年4月5日出版），原詩與自訂本文字相同，惟「晚來的露臺上沒有遠眺」與「當流浪歸來」二句之間未空行；其三為《小園集》自訂手抄本中，此詩為原剪報粘貼，並未手抄，剪報上此詩中「晚來的露臺上沒有遠眺」與「當流浪歸來」二句之間原未空行，有紅色筆跡分開以示空行。《中國文藝》版分兩頁刊登，而自訂本上所保存剪報為一頁，疑並非同一出處。

散文詩

才換了新的窗簾
便下了大雪
如一匹快馬
無籟輕輕的
馳過夜間

無葉樹被注意在無意之中
花是林間的泡影
這難耐的挽歌啊
冬青樹是美麗的墳塋

孩子們嫋嫋以竹竿來搖
大雪的散文詩
招呼著啊
窗外如醉的孩子
生著洋娃娃的有常性的大眼睛
看那迷濛的雪花第二次的飛

編注：此詩見於《中國文藝》第八卷第二期（1943年4月5日出版），為總題〈損衣詩抄〉小輯之一首，署名「莊損衣」，原題同，自訂本略有修改，第二段原為「無葉樹被注意在無意之中／花是林間的泡影，蟲的墳塋／這難忍耐的挽歌／冬青樹是誰的美麗的墳塋」。

十六夜

荷葉暗示著
古之鏡是昏暗的
但是溫柔的

今夜總全明白了
貯藏著芳香的瓶
彷佛是佳山水

少小時聽見過寒砧
長大一點了我讀從軍行
並知道那就是刀尺聲
深閨如海了
衣裳在夢裏做成

又是月亮啊跟著人行
那裏面也有關山月
迷失在古代的詩裏了
人間的煙火，人間的燈

悲哀的卻是家
我是若樵子
折一枝月中的好花
持贈你照影的人

編注：此詩見於《中國文藝》第八卷第二期（1943年4月5日出版），為總題〈損衣詩抄〉小輯之一首，署名「莊損衣」，原題為〈十五夜〉，正文為「鏡的神秘，荷葉暗示著／光明，而今夜裏才完全／明白了。誰多香水的瓶／陳列著山和水，山和水／／小時候就聽過這砧聲／大一點的時候讀從軍行／以為那就是刀聲／深閨裏的衣裳在夢裏成功／／　又一次月亮跟著人行／那裏面也有山和水／卻迷藏在那代表悲哀的／灰色的楊柳的小腰後／／誰也希望有兩柄欸乃的槳／何苦說手臂，如兩灣新月／欣欣在林裏摸魚兒／而我若是樵子便想折一枝／月中的花持贈給照鏡的人」。

跋

《小園集》，一九三六年一年所作，計六十首，都是短行，故曾全部在雜誌上刊載。此本以及《仙藻集》，《春草集》均可謂之少作，換一句話說，既是不成熟的東西。此類大抵為古人所不保留，或有天才下筆即成熟者，與之相比，明顯其甚幼稚無疑。但是也許這就是一種時代的特色，也未可知。幼稚得恰到好處也即是一點新鮮吧？當五四時，多有此種痕跡留存，讀之常覺可喜也。至於我自己的，則又有不然，勉強說來，風格略具「怪麗」的色彩，恐終為大人先生所難容耳。私意以為即此可見少年時之純淨，對人間瑣如之何抵抗而復不自覺，其用心重處又在何所，凡此，過此一段光陰，殊難再得矣。或者，在本人尤來必無可慚愧者，蓋所難言也。因略加點定，過而存之，亦可繕寫。一九六五年十月二十六日，青榆，於北京彌齋。

附錄一　朱英誕隨筆輯佚

詩之有用論

朱英誕

T. L. Peacock的文章確是「奇景異物」，但若有人以此當作「篋中」之類的東西，恐怕不大合適，伍、曹二先生既然把「詩之有用論」這一題名從妙處拈來，卻正好在此「巧辯」（湊巧之巧）一番——話說在前面：絕與伍、曹二先生無涉，萬勿因磚頭曾打了狗便恨之也。其實狗也不懂人底可憐。

另開蹊徑，不見得，就可以尋著真理。皮闊克的〈詩之四階段〉只有愛使熱嘲的人才愛讀，雖然到現在我還沒念過《詩辯》一文。

藝術在根本上多少有些高貴性，而象牙之塔裡的容積卻也並不小，進來的，能夠或想進來的，自有真味可尋，不進來的，不能或不想進來的，則許多解釋都是多餘。

拋開歷史，只談專要「實用」的今日，也沒關係，於此，先引皮闊克的一段話（譯文見《世界文學》第一卷第六號）：

「……當我們想到，今日人類智慧之運用漸以人類社會永恆福利之促進為前提，因而『裝飾』之應該退為『實用』的附庸……（中略）……讓他們（指寫詩的人們——英誕注）去計短論長，刺刺不休……（略）……一若世上的智慧事業只有詩之一種，一若世間並無算學家，天文家，化學家，道德家，玄學家，歷史學家，政治學家，經濟學家的存在，殊不知這一般都已在文化之高空中，建起了一座偉大的金字塔，他們雄踞塔尖之上睥睨地下的一切，對於詩人們，真要發出燕雀不知鴻鵠志的嘲笑了。」

先讓我跟他老人家開開玩笑，免得在夢中彼此生氣，而使會圓夢的人又得一隻金盌：

鴻鵠志雖大不可言，假設一旦遇見獵人，烏鎗是無眼的傢夥，而燕雀志雖小或毫無什麼志，它們卻能好好地在高枝上低吟一陣，於是它們自己既已如美夢陶醉於山神與樹神之榻上，又能使人陶醉於它們底妙歌裏；即使燕雀明知鴻鵠之有大志，且看它驟山驟水的行程和永恆的苦役，而飛複於凡人的眼目永不能達到的天邊與水邊吧。

玩笑終屬玩笑，一笑置之可也，說正經的：

假設人無心又無腦，只把些麵包或饅頭填滿大肚腹中，看他能造出幾隻飛機！單巴掌永遠不會響，因此「唯物論」又加上「實用論」終歸騙騙或害害牛馬與如牛馬的人群罷了。人類是有心有腦的，因此，精神文化的進步，也不容遏止（除非星球上只有那些在塔尖之上的人們揪住它不放，而且說著悅耳的「再聽我騙騙吧」，「再叫我害害吧」的妙語時），一直地向較高處企求上去。

「智慧事業」自然不只有「詩之一種」，即使它是「裝飾」的（其非「裝飾」，後面再說），也正能幫助「實用的再生力，再生，再生不已」，而與「促進人類社會永恆福利」之各種「智慧事業」並行而不悖。「附庸」之說者，定是錯視病患者。

皮闊克又說：

「我們目觀種種日新月異的人生之安適便利，然而詩人對此卻沒有一絲貢獻。」

雖然時至皮肉都須仰仗鋼鐵之今日——更「非詩化時代」，但「安適便利」豈有生於官能靡亂的各色角落裏之理？詩人雖然在寫詩的時候好像「浪費光陰」或像「憂鬱的出世者」，其實真詩人莫不是用欣賞態度寫出美感的——拿這傳達給一般人正是想使一般人也能抱著欣賞的態度，轉而去領略或感受生機的妙趣（因而安適），使人覺出一生並不只如一部呆板的機器之無味乃能立定腳跟好好的活下去（因而便利）——這就是人類中較高的企求，卻正是在詩中找出的。

皮闊克又說：

「……當我們想到詩人的作品乃須投合讀者胃口，因而其詩格標準也必須繼續低降……」

這是對誰講呢，對一般無聊詩人講嗎，若然，他定是開了一隻半眼，掩了六個半竅的，真詩人絕不遷就一般的讀者，（故「計短論長」，「刺刺不休」並沒什麼）因此，也正能提高一般讀者的欣賞力，讀者欣賞力的提高，（故雕不限蟲，技不限小，欲知此者盍與乎來——象牙之塔），又正能使人生之較高的企求更能高上去。

話說回頭，有人說除看不起詩歌的心盲外，還有一般人確是不得讀詩的，你不去遷就他，他也不來高攀你，則許多話不完全是廢話嗎？這話很妙，卻不能怪寫詩的人，詩人是不會回答關於詩以外的話的，怎末辦呢？去找所謂「雄踞塔尖之上」的為人類「促進永恆福利」，最會運用「智慧」的什麼家去好了。

然而，只要有方法走進來，象牙之塔原是廣闊的。

原載《星火》第2卷第2期，1935年

詩與欣賞及其他

朱英誕

某英文學者對我講：新詩的評語就是兩個字：幼稚！我沒說什麼，但是卻寫了這篇短文——這自然不關他，而是另外一回事了。

與其說新詩幼稚，那不如說白話文根本就是幼稚的，到也痛快！這話顯然有點刻薄，（不過也並見得[1] 就全不是那麼回事的，事實上寫詩的時候白話文字之不夠用是誰也感覺到了。）然而說舊詩能念能背故好，新詩不然故不好，這絕不成道理，《唐詩三百首》是選了又選才能留下來，印象之深刻是當然的，其實確有多少人能念能背那許多好的舊詩也要待考；而用白話文字寫出的新詩卻連文字還不夠用，還說什麼？好與壞之說，不說得太早點嗎？況且能念能背，好與不好，實在與許多人也是不相干的。譬如說：洞庭明月一千里（李賀）

這句詩好念也好背，詩也好；好，好，好！但好了又怎樣呢？念完了，背完了，叫好完了，「明月洞庭一千里」還是它，人還是人；即使那是非凡不幼稚的詩，不是也就那麼一回事而「已耳」了嗎？又如：戴望舒的〈秋天的夢〉，你說好，許多人也說好了；你背下了，許多人也許就沒背下，或者壓根兒，就沒想背，那還說什麼呢？又如靜希先生的「四行詩」，他自己已經讀得很慣了，我卻念著不順適，不順適豈不是比幼稚差不多嗎？而「四行詩」的好處

[1] 編注：原文如此，疑此處漏字，「並見得」為「並不見得」。

卻不並因此失去，而我自己現在則仍只寫著也並不尖銳的自由詩。詩與讀者在現在實還是全不相干的！（其實舊詩，就准見得個個人都已欣賞了嗎？）不知是不是因為我們都是中國人，因此，寫小說的看小說，寫詩的讀詩，而學航空的卻只練飛機了……所以，幹文學的永遠給幹文學的送貨，而俗人只去吃飯，睡覺……於是花魔偉大！

自然，也許詩實在是幼稚，才有人說它幼稚，但詩也並不幼稚的，看不懂也唯有幼稚好說，這是人性！好的舊詩總沒有誰好說幼稚了，但仍有話說：「那是什麼了不起的東西呢？」於是跑進實驗室去，於是這是中國人的人性！

說新詩幼稚的人到是可感謝的，因為他無論如何總算欣賞了；欣賞的程度難道也要管到？最可笑的是「詩不算什麼論」的人，他口口聲聲也能念出一個「詩」字，而「不算什麼」便是他的欣賞；則詩不幼稚還有什麼？寫詩的人只管在那裏追求形式，內容，風格……，而讀者方面除了幼稚便是「不是東西」，只是茶－茶－茶－於是修養不深的寫詩的朋友永遠寫出幼稚的詩，而有修養的詩人之像乃一如舊詩地被棄於一般人之腦後（連許多學者！）這真是「好不傷感人也」了！

為詩的人不管其他正是本分，為不欲自私的人卻不能不要求他管點閒事——有誰像朱光潛先生用幾章文章去解決一首《長信怨》？像梁宗岱先生用幾百字去解二句詩，「池塘生春草，園柳變鳴禽，」或是歌德底一首小詩？這樣的人能有幾個？批評家只想著如何如何巧妙的罵人（揭黑幕人是可感謝的，不過那不關批評，）還盡什麼批評的職務？連欣賞的工夫也莫浪費了。

因為詩與中國人像南北極之不可即，這其間的構通，乃是批評家的事；欣賞如果當真是浪費的話，則有自信的批評家對於幼稚的詩，總該能一眼望穿，那麼請說說怎樣算幼稚的，或怎樣的才算不幼稚……，難道這也算義務嗎？本來，既幼稚了就無須再廢話的，不過在中國許多人（連學者！）不懂為什麼要欣賞詩，怎樣去欣賞的目下，啟蒙該總還要的。詩不能只能給寫的人來看。這話不是很明白嗎？設或以為這是低級的，則欣賞好詩再說話，總比抬槓強！又設或說好詩如今並不曾有，那麼，至少我可抄兩節出來：

輕嵐從遠山飄開，
水蜘蛛徘徊在靜水上
說吧：無限意，無限意。
×××
………
………
………
×××
做定情之花節的點綴吧
做迢遠之旅途的憑藉吧

——戴望舒

因為原詩不在手，中間一節忘記了，但記得是一節關於「微笑」的幾句。

一個讀過並研究過英國詩的人，而不知道何以Wordswoth的詩會好，我們不該原諒他。至少在現在的中國。

話說多了，就會凌亂，就此不說。最後提出三個願望以殿斯篇：

1. 願批評有空去欣賞，管管並不太閒的事。
2. 願寫詩的人並不因「好不慘然」或幼稚而對詩不忠實（如給什麼Queen類的女人寫試貼）。

願俗人不只會吃飯，吃茶，睡覺。

寫於北平西廂念二日非晝非夜時。

原載《星火》第2卷第3期，1935年

《無題之秋》自跋

對於秋，依常情是多怨聲的，不過像唐李迥秀的好句：「仙藻麗秋風」，卻又令我無話可說；題名不過此意。

除〈春寒〉，〈紅日〉，〈野望〉，〈雪之前後〉，〈望海樓前〉，〈海上的夢〉，及〈夏之蝴蝶〉八首是舊作而改了姑存之的以外，秩序已全失；因易稿若干次且向無標年月日的習慣也。韻律詩完全是試作。印出，乃為了結束一個階段，就便做為私生活的一點點綴而已。（至關於六個韻律詩體的節拍，構造，句調，以及韻腳等，跋中既不可作情報，則惟有另借機會去找文章了。〈春草與羌笛〉是微與〈長夏小品〉不同的嘗試，即試把每一句Compose的構造法變為Montage，這在節拍上，不但可以免去點Time nuisance，而且似更適於Repetition作用的。）靜希先生前曾為我選詩，今又為我寫序，理當於此重行致謝。森君助校；宿作封面，均不另。

朱彥英誕。

廿四[1]，十二，北平。

原載《無題之秋》朱英誕著　1935年12月印

[1] 原書錯印成「廿五」，被作者改成「廿四」。

談韻律詩

朱英誕[1]

為什麼我們寫詩似乎非要「形式」不可，這只要想：裸女或人體美是人人欣喜的，而女人的服裝之考究也佔有極大的勢力，其中的道理蓋大同小異耳。今日寫今日之詩，本不在形式之「自由」不「自由」，惟「自由詩」之於今日，乃能找出可以與以前不同的詩情，只有這一點是他的好處。一兩個人看清了這一點，故「自由詩」在目下已造成一種可喜可賀的成績。但是我們仍要想到：裸女畫大概是不能一天到晚去看的，而適體好的服裝，即令並不如何高貴，卻絕不能毫無理由地就討厭它。因此自由詩寫熟了，韻律詩便會降臨，這也像我們既認明了「維那絲」的美點後，便極易欣賞女人一樣；然而形式的穩妥與否要從經驗上得來；於此暫舉一例：

在不同的日子裏
走在同一的路上了
今日如往昔的
晚霞仍紫得通明
無可太息
只追懷於微笑中吧

1　該刊目錄中此文署名「朱英誕」，但文中署名錯為「朱誕英」。

於是聰明話益可愛
如晚晴色

這是自己以前的一首「自由詩」，現在卻改成如此了：

不同的日子裏同一的路徑
今日如往昔的紫霞仍通明
追懷於微笑中並無可太息
聰明話益可愛如天之晚晴

自然前一首是很壞，而後一首也並不見得就好；但我想說，好乃在形式的變化中，可以看出一點道理，即後一首較前一首來得親切一些；但也不完全靠韻，實是形式的合適而已；我們可以說：前一首是破碎的，且有些不經濟的字；而後一首是整齊的，且有韻的幫助，因此使人似乎容易接受了。這個形式並不見好處。但我自己用來也漸漸熟了，似乎便很方便。方便處即在：三個字，三個字，五個字，這一串的節拍上，他令我想起的是：

青山隱隱水迢迢。
紅豆生南國。

好像一句詩如就這怎樣已經夠了：因為，「青山」是一回事，「隱隱」是一回事，「水迢迢」是一回事；「紅豆」是一回事，「生」是一回事，「南國」是一回事；詩可永遠若如此生成的。那麼為什麼不仍寫「律詩」或「絕句」去呢？這自然是「新詩」的大問題，但我們在此簡單說來，則是表現的差別耳。因為白話語言的累贅，故今日的詩，字數之多出自是必然好；我常懷疑是不是白話語言仍然會變，也許變得仍會如傳統的詩之那麼方便；也許變得更要累贅，卻再於累贅中益可見出「新詩」的特點，這都是更難說的。譬如靜希先生的：

一片雲吹開仍是青的天遠的樹與風。之句，字數是更多了，但因此句內容太充實，乃使人不覺得他的累贅；但像：初晴的天氣小小的門外晚紅的顏色，則終不免露出一點使人疲倦的感覺，這與背和誦或讀和熟似乎就要發生一點阻礙；但靜希先生尚有十八個字一句的，卻仍能見出好處；於此，乃益覺「韻律」之可追求，於「自由詩」後，形式之能令人努力也。目前，大概不在寫一首好詩，而在如何能使一首詩寫好；尤其是「自由詩」已成了濫調之模擬的目前。唯一種形式便如何能算好，這只有大家在經驗上去養成，此外我們應該要求的是像沈約與李商隱等人之出現耳。

至於韻，按靜希先生的說法是並不需要太嚴格，此中道理如在一個很會念詩的人是極易明瞭的；其實也是如此，假使一個詩的形式使人讀來已不生硬，即令韻不太講究，甚至全望韻好幫助，也是會如有韻之一樣親切的。陳子昂的〈登幽州〉，實是好例。但有韻經得湊巧，甚至能生出一種感覺來，那只是可遇不可求的。至於自由詩也有用韻的，則似完全失敗了，那字數的飄忽，抓不住的韻腳，都是致命傷；「五四」的一部分詩之未能寫好，或即在此乎？

原載《星火》第2卷第4期，1936年

一場小喜劇

朱英誕

深秋裏四一劇社成立，我陪了二小姐去觀光，在「介紹」的時候，主席張鐵笙忽然開我的玩笑說我的文章「跟周先生一樣」，而且「有時候字寫得也跟周先生一樣，」「所以有時候我們也稱他為周先生。」云云，他若不是因為目疾帶著墨鏡而聽見他的話遂不禁低頭，他會立刻看出我簡直是面如重棗，面紅過耳了！一場小喜劇。我的羞澀是雙重的。周先生現在是有光，沒有火了。然而我，我的幽憤頻增。我的幽憤是多方面的。可惜有「幽憤」而無「詩」。為了消閒，翻出那篇昌多斯爵士致培根的信，開始有云：

「你看見我精神陷入麻木的狀態，用輕鬆戲謔的態度向我表示你的憂慮和驚異，——這種態度是那些既明白世途如何艱險，但也並不灰心的偉大人物才會有的，——這是有甚於好意的了。

這句話我要學一隻蠢笨的反芻的牛似的咀嚼牠。

還要「略歷」嗎？我只是「詩人」。逃人如逃寇。一向只是為自己寫詩，然而我對於詩卻永遠是虔誠的。人生經驗我是什麼也不愛分析，也不能解說，什麼都馬虎，什麼都置之度外，我所珍惜的是純粹的情感。其實詩也毫無秘密，我願意說詩只是生活的方式之一，與打獵，釣魚，彈琴，跳舞，游泳，划船，溜冰，旅行，作畫，甚至於戀愛，……舊一點的如養花，養魚，喂鳥，下棋，寫字，以及飲酒，……客氣的說，原都是「一樣」的；也許我有偏愛，但詩實在是比較最有韌性的一個生活的法門。我未免有童心的珍重。不過詩是精神生活，把真實生活變化為更真實的生活，如果現代都市文明裏不復有淳樸的善良存在，那麼，至少我願意詩是我的鄉下。我卻不願意指詩為理想國。理想？理想的雅號不是浪漫嗎？於是這個題目我都不能作了。去年夏天裏因為有一個詩的意見，蒙水邊先生贈一語曰「洗淨鉛華」其實那時我正為了什麼「走桃花運」十分苦惱，我努力想學小貓抖掉身上的雨珠，也要聳聳肩卸下憂鬱。然而我想到出走的挪拉，走後的挪拉，到妥協的挪拉的那最後一句意味申長卻也是悲痛之白：

「我是太羅曼蒂克了！」我離題太遠了嗎？聽說四一劇社不演《復活》了，我希望演喜劇，因為在中國人目中就沒有真正的悲劇。我們能所看見的只有湊趣的小丑。而這些小丑又不是莎士比亞的。愛爾蘭的老人卻說喜劇比悲劇難寫得多（當然也難演）中國也有這種話：「歡愉難工，愁苦易好。」但真正的平和是由喜悅裏生出來不是由哀愁裏生出來的。悲劇也有可喜性。秋天裏有兩個彷彿燈虎的詩行：

白雪好像女神似的
飄落在綠的葉上

我狂喜那自然的奇跡。我毫無理想，亦希明年再有一次這自然的偶然。我只希望這也是我的一場小喜劇，一場一場地不斷演下去，能夠像炭畫那樣就好，只怕這卻是太理想了。

原載《中國文藝》第5卷第5期，1942年1月5日

談象徵詩
——兼答呂浦凡君

朱英誕

藝生社來呂君問象徵詩一紙，在這裏只能約略談及。如其中「蘊情匿理」，「如拾珍奇」也就頗能妙有所得也。神韻之說原非有系統的理論，那只是王漁洋由嚴羽得來的一點心得，又加以對於唐人的詩有一種近乎神秘的了悟，如此而已。總之是不露痕跡。如五代詞：

和淡試嚴妝　落梅飛曉霜

這也是神韻，但是卻並非只限於飄逸之盛，是很明顯的。因為牠的高貴處並不在第二句的正喻夾寫。

在中國詩裏無所謂「象徵」，即使有相當的字樣，如「興」，那也只是詩的表現或修辭裏的方法之一，既無須有意立論，牠也原無自覺的運用。在別的民族裏卻是一個大的派別或大的主潮，牠成為一種運動了，因此這乃非幾句話便可澈底說清；牠也緣起於一種個人的印象，或神秘推類的暗示，但由小邦蔚為大國之後，卻必須設及思想及歷史始能暢談；而如果我們只需要一種表面的接受，當然也無不可，然而既如此，則「象徵」這個文化上的名詞也就自然不可能濫用了。至於讀寫當抱什麼態度，我想只好在內容方面接受情趣的伸縮性，平饒性，在外形上追求與其內容相互一致的，完美的自圓其說。——我們應知道任何一派別都有牠的失敗與成功，而我們也自應站在他們的立場上去欣賞或批評他們，否則不是流於抹殺就是流於固執。「象徵派」的聲音問題是最重要問題，Mallrme主張文字語言本身毫無意義，應當象徵那主觀之不能名狀的氣氛經驗，這有文字底真價值。他說：

「名詞是破壞的，暗示是建設。」這很相當於我們中國人說出的「但有聲情，更無文字。」(注)但是，我們的「詩人」需求企圖的「溫柔敦厚」豈非也就是暗示嗎？及至思想的界線一混亂變風一起，語言文字也就隨之變更。我們對於文學整個的態度自然應是不舍本而求末。但現在象徵一派早已過時了，——我們的「神韻」卻仍因為牠並不是有意立論，所以在詩裏仍然有存在的可能。——我們談牠已經只能抱著歷史的學術任務，而在實際上還能有什麼鼓吹的興趣嗎？我們能永遠為個人與自由護短嗎？不過象徵派也有種種不同，可以參看H.Beab的《Art Now》，牠在美術上還有生命。末了我想說到，正如一切都不可定義，象徵派當然更難於有詳明的說法了。關於這個問題，我想到沈寶基先生，他是比我較適宜於辨解的。

12、18、1943。

原載《藝術與生活》第33期，1943年2月15日

注：清初彭士望評魏季子私語。邱邦雲則云：「有事情，並有文字。」更可參考。魏季子詩「如西行道上」等是很可佩服的，正如叔子所說：「極意雕琢而樸氣不漓。」然而從來選家多不注意，談詩者也不問問，我常常覺得奇怪。正如明末清初的短命才人溫卿謀的五言律，比一般所謂的大家名家不但毫無遜色而且更駕乎其上，不幸一向也被棄置於無人顧問之中。

春雨齋集

朱芳濟

家藏有《解縉詩文集》十六卷，敦仁堂本，有沈德潛序，俗傳「跌倒解學士，笑殺一群牛」注亦實亦由此而來，少時躐等翻讀，惟記其「嗇於前而豐於後」一語，至今不忘，最好笑的是沈德潛，序他的序巍然列在第一篇，而選本中又目為台閣體，只錄一首，其題顧虎頭朱竹宅辯為楊廉夫作，此正是不失為日月之明，若委巷流傳如諸大人先生之流所擯棄的則我此時尚懷疑而可惜也，五言絕「小兒何所愛」四首有序云：

「余未知言時，頗知人教指，夢人授五色筆上有花如菡茗者，當五六歲時有作未能者，往往不復記憶，此由從祖淵靜先生戲命賦，成詩頗傳誦，不忍棄置，故識於此，聰明不及前，道德日負於初心，益見韓子之言為信。」其二云：「人道日在天，我道日在心，不省雞鳴時，冷然鐘聲音」卻是羅一峰夢稿裏的好材料，目為狂士，或為竹坨所譬腰裏鷹隼，均不甚相似。如詠物諸詩，於今日觀之亦不甚惡劣，反有新的意味，亦未可知。又編者附識七修類稿所載永樂中秋開不見月的口佔風落梅云此事家乘不載，此即可見我的懷疑不容不有矣。其詞云：

「姮娥面，今夜圓，下雲簾，不著群臣面，拼今宵倚闌不去眠，看誰過廣寒宮殿。」後記停杯待夜午，月復明，被稱為真才子奪天手，此亦快事可記者，但中國的中庸往往流入台閣意味，剝屑一切，惟以此為福星高照，迫人不容不以此為歸依，恫赫以黑暗的命運矣。讀春雨齋集，所感慨的與以往適得其反，蓋不足奇，此自為縱論，若以詩看成績不能甚好，七絕題畫竹云：

「美人手執白紈扇，畫出亭亭竹數杆，為愛此君心事好。最宜炎暑最宜寒，」有我少時眉批云「真好」，現在看來輒覺好笑，蓋所謂深入淺出亦不止是如此耳。

原載《中國文藝》8卷4期，1943年6月

序文二篇

白藥

《水邊集》序

孔子誕辰那一天啟无先生來西郊有事，順便閒步到海甸來看我的鄉居生活，來是鼎鼎而來矣，其實窗井明潔而已，沒有甚麼詩的空氣，若香山南麓，乃身外之物耳。但是，《水邊集》終於還是要出版，說序還是輕描淡寫的寫一點吧，是的，這也正是我的理想。然而走後我才又沉濺的覺出不妙，無可奈何花落去矣。

廢名先生寫文章的本領確是禪的，他有點像周廉溪，很可能以其定慧的經驗成功為一位稀有的或進步的純粹哲學家，這就是說泉聲咽危石，日色冷青松，在感官第二義以外，牠是以機智的哲理為標的，若是生活與思想打成一片，則後期作品（如明珠裏的小論文和續寫的橋）實在是勉為唯理，而此身既非革命之流，又是潔癖的個人主義者，則這不但與這個時代顯有鴻溝，其勉強殆真如街頭造塔，海上修橋，破壞與建設殊難於葉葉相當也。因此廢名先生的歸趣自是隱逸的了。願其鄉居平安。

啟无先生近年來也是逐漸離開了聲音顏色的空靈的講求，而極其有正味的進入詩的正法眼藏，於是這兩位水邊先生真是一個對照，因此才有這麼一點興趣，印行一本多少有些紀念性的合集。說到這裏我仍不能忘懷得失的想著「揚州賭風」那一席談。有一次水邊先生就談起揚州的賭風來，說起來真是談笑風生，後來我回憶的時候，只記得幾個美妙的意象了，結果我的記錄未完成，這是最可惜的事。這使得我常想：這些詩雖好，將何以令我一生低首謝宣城呢？

我們曾經有過一個光榮的時期，但是很迅速的過去了。黑暗充斥於現實之中，對現實已經更無須乎逃避了。而我們落在頹廢之中講唯美，此亦可發一笑者也。不過我們還可以當作這是春天轉換到夏季似的現象，歷史是無須哲學來擔憂的。而在事實上我們殊不能滿意於貧血的自然和軟骨的浪漫。維多利亞的末葉情形正是一面鏡子，而遂令我們有三條路可以分道揚鑣，彷彿一氣之化三清，死者亦大可以泣歧路也。至於詩，我們始終覺得有超越那許多說法的可能的，尤其當此青黃不接的時候。否則牠也彷彿是蓮花，出汙泥而不染。結果還是一樣的，是花有清香月有陰也。於此我生怕「序」根本就有「酒招牌」的性質，蓋亦不可不給自己留一點餘地也。是為序。三十二年九月末日，寫於西郊海甸之無樹菴。

《逆水船》序

一到夏天我的工作效率就陡增，但是近兩年來卻感到一種秋之味似的，雨中偶憶辛棄疾那首名貴的詞，其彷彿矗立在理智的峰頂上而仍舊不甘沉默，於是令我更知道了海。其池光不受月乎。今年四月中旬裏到海甸來試驗鄉居養屙，也可以說是避暑吧，隱居卻絕不是的，請你放心。藉了這個機會我預備著手翻譯古老的牧歌，或者是白孔雀「The White Peacock」，那裏知道，計畫全不可靠，一方面彈琴看文君，生活又很有些苦趣，而且最壞的是我竟不能擺脫習慣的支配，仍然寫下一些枯淡的詩行，結果只好採取中庸主義，卻把以往的舊作全部整理完畢，就只差沒有寫定了，並總為之命曰逆水船。自廿五年起我間或也多寫雜文，大部分是關於詩和思想的閒談之類的小文章，正式的論文很少，而且始終無餘力作一次系統的整理，因此這裏要想寫一篇序言，亦感到很難下筆，遂幡然改計來寫一點更省略的跋語吧。

十年間我對於詩的風趣約四變，本來我確甚喜晚唐詩，六朝便有些不敢高攀，及至由現代的語文作基調而轉入歐風美雨裏去，於是方向乃大限定。最初我最欣賞濟慈 J.Keats 其次是狄更蓀 E. Dickinson 此女即卡爾浮登所說的「溫柔得像貓叫」者是。最後是 T. S. Eliot，此位詩人看是神通，卻極其有正味，給我的影響最大，也最深。不過本杜而不學杜，不慧雖吃虧在以詩為學，而思想不與焉，敖陶孫詩平有一云：

「黃山谷詩如陶弘景祗召入宮，析理談玄，而松風之韻故在。」其語可味也。嘗覺得儒家思想在詩中有如藥中之有甘草意或近之。近幾年來病於貧血的自然和軟骨的浪漫而自然進入古典作風之途，雖雅不欲利用此類飾語標榜以成習氣，然而亦覺得此殆如風水家所說的千里來龍，無非為的這個結穴數。鄙意其實很是簡單，認為宋詩乃中國詩之成人時代，略性情重法度，注意詩的藝術的進化，乃有文化或歷史的意義，而與舊傳統所指示的自三百篇而來的一派，有些不能全同，這正是中國詩的兩條永遠在起伏交替的道路，思想家近於敬重後世，文人則愛惜前者也。而變風變雅，詩之失愚，或亦即在於此乎？近年來情懷差減，猶之飛倦知還矣，把自己的詩刪定一過以後，偶憶羅倫夢稿之句云，欲留霜節待霜情，可以權且當作題辭，也就不必更求人作序了。

原載《文學集刊》第2輯，1944年4月7日

苦雨齋中

朱傑西

二十三四年之間我和我唯一的好友李象賢兄正在傾心的寫著詩，後來他忽然異想天開，渴望瞻仰周作人先生的丰采，我卻始終願意保持一種神秘的經驗，我恐怕獲得了親近之感，同時會喪失了距離的美。但是象賢終於單獨的去了，而周先生對象賢很賞識，並且有興致偕渠至秋荔亭去看俞平伯先生，而象賢每有所得，歸來總是滿懷春風似的訴說著，我聽著也很高興。後來由林靜希先生那裏知道，周先生內心卻也有點憂慮，他似乎生怕於血性的青年人不利或無益，同時，自然是的，青年多少會打擾他，會把他的沉澱物給弄成渾濁的。周先生與青年人很早就有些隔膜似的懷著敬遠的態度。二十五年象賢南去，起初還有信來，事變一起，便杳如黃鶴了，至今生死存亡尚不確知，而我想寫這篇文章的動機，實由於此。

蘆溝橋事變前一年我很想到日本去學一點實學，這並不是對文學表示厭棄，卻實在是想對文學有點實際的援助，我的目的是印刷術或美術，此雖非鼎力，總是值得努力學習的，此意至今仍在，不過有些悔之晚矣了。彼時由廢名居士介紹，我終於得到看看苦雨齋的機會了。第一件大事可記的當然是那株「鬼拍手」（白楊樹），無風自響，的確很好聽。周先生當告我以日本的四席半如何適於「我們這種人」云云；他或者以為我是要去弄文學批評的，於是說自然還是得到歐洲去；不過很熱心的答應給辦護照，又說由徐耀辰先生也可以。此外還告訴我要帶足來回的路費，恐怕因故不能登岸，這是很近情理的，但是我不免想到我的病容滿面大約也不無緣故吧。那一天我意外的有點目瞪口呆起來，彷彿我一直是欲語口無音似的，坐在我一向衷心崇拜的偶像之前，而現在想想，居然還是依然故我，此可異也。旋事變起，不久祖母仙逝，家國分明，我個人的前途只好犧牲，至今十年來一事無成，仍是只能寫詩度日而已。

第二次到苦雨齋是詩人南星同去的，這一次性質是晉謁，所以感覺有點不同，同時那一天陰雨不停，我坐在紗窗之下，感覺著益形沉重。

「究竟是秋雨了。」

這也可以算是我保留的苦雨翁唯一的一句話了，而我的一句詩，由來苦雨即喜雨，也許不得不一筆勾消歟。這一次應該附帶說到苦雨齋外，——不過仍於苦雨齋中有聯帶，我因為對周先生很是敬畏，在齋中的時候不曾吸煙，告辭之後走到泥濘中就在八道灣的一家店鋪裏買紙煙，於是妙不可言，我分明給了他一枝一角的銀角子，而店夥找還給我大約是九角多，當然我很奇怪，然而敏感之中生遲疑，我卻毫不客氣的接受了，及至走在大街上，我才開始和南星兄大做其口頭小品！我們應該回去還他吧？算了吧。但是這多麼不正直呢。當然還是以退還為宜。不，萬一退還，當然會驚動了店鋪的掌櫃，那麼店夥必蒙疏忽的罪名，事情也許更會勾勒壞了，還是不退還的好。噢，周先生陷我們於不義，理智陷我們於不仁。香煙萬歲！但是，以果我樸素的拈起一支煙來，或者周先生客氣一點讓一支也好啊，那麼這一場無謂的煩惱還會發生嗎？然而苦雨齋卻只有苦茶。還是恨我自身本忘記自帶香煙吧。假如我帶了煙，這天的雨還會苦嗎？

此後到苦雨齋中還有兩次，第四次是在年中，客人甚多，不必我記，但是我順便奉煩周先生寫字，卻可以說到，但是這太不高明，我聲明要寫漁洋山人題聊齋的詩，而且沒有紙，卻是不料第三天新受到了，一共兩張，非常別致地用了「明李言恭日本考卷三所錄歌謠之三十七」的信箋寫的，印章一閒一正，閒章是陰文四字，曰「吾所用心，」正章是陽文「知堂五十五以後所作」，此張有一句是「時辛巳第四月也」。兩張我都裱起來了，特別精美耐觀，與其他我所見到的周先生筆蹟差異很大，得以終天的相對，除了覺得很榮幸之餘，我就更不想去時常看周先生了，——這或者是我自己特有的理性，亦可以稱之為浪漫的理性也。

還有一次，是我單獨在座的，這一次有點記憶不清了，只記憶得苦雨翁忽然對我加以一種很特別很特別的凝視的觀察，我當時很是畏縮，同時我自己發覺鞋子的形狀很尖銳，極不大雅，而周先生給我的印象是，眼睛漸漸縮小了起來，眼球微微向上，於是一位一代偉大的人物突然有如一頭印度的「象」，——使得我腦中詩意大轉，不過感覺很是局促不安，結果心裏突然一亮，幾本漫畫已經奉還了，我該走了，不，我實在是逃去的，是的，逃去的，但是很恭敬。當我還給漫畫的書時，是用一張紙包裹著的，我看著周先生把牠開封，然後把那張包紙一疊一疊的很整齊的褶起來，放在一邊。

這裏我還想記一下苦雨翁的走路，他常是帶著一些興奮的樣子走向書架或者別的地方去，而姿態很像一種醉漢的碎步，或者說有如火焰的歡欣跳舞，生命的活躍充分表現了出來，與平常在外面的枯淡的神情完全不相同。周先生是很看重人的本性的，至少是很注意，我特別記錄這一點，實在也是我的詩法，不盡在觀人所忽耳。

提到詩法，不記得那一次我曾在苦雨齋中說到一首詩，不過我在齋中說話是太感到不自然了，每一句話來得總像一座火山崩裂似的困難，我總不免把周先生看成一座雄嚴而被牠的暗影籠罩著，所以這裏也只能記錄那一首詩而已，不能有很多的按語：

登彼西山兮
採其薇矣
以暴易暴兮
不知其非矣
神農虞夏忽焉沒兮
吾安適歸矣
吁嗟徂兮
命之衰矣

我慚愧沒有一套完整而有體系的和平理論，但以彼時我學得詩的直觀和真實，深覺這是一滴晶露，牠啟示著一個大晴天。可是我記得周先生遞給客人們的扇子的情形。總之，周先生是太「成熟」了。

有人也許要怪我寫得太細碎了，那麼我就要讀一句極富於詩意的話給他聽，「千樹一葉之影，即是濃蔭。」而以上我倒是很草率的給苦雨齋和苦雨齋翁畫了一張暫時的素描，竟只能是粗枝大葉的樣子，如果有幸運給將來歷史的實證當作一小幅扉頁的畫圖，在我就已經是十分滿足了。三十二年十二月二十九日午後於北京之筆植菴。

原載《天地》第11期，1944年8月1日

吳宓小識

朱英誕

今年夏秋之際患胃潰瘍，病榻上意外地看了些新書，其中之一是錢鍾書先生著《談藝錄》，我想著為它寫一篇短評，著手之初又想到最好先談起吳宓，一為了頭緒清楚起見，我要把錢鍾書先生尊做《學衡》的進步派。《談藝錄》是一本新近值得推薦的近理想的書，但此刻則暫時保留。

去年冬天一個大風雪天裏獨自蒙密一室，彷彿讀史有得，想找吳芳吉的史詩斷片來看，不過朋友們沒有保存《大公報・文學副刊》的，韓剛羽兄也沒有，他只有《白屋吳生詩集》，我借來許久卻終於沒有看就奉還了。只好把《吳宓詩集》翻開，再看看其中附錄的史詩計畫而已，那時，意外的，我卻很想談談吳宓現在已是由無意變至有意了。

如果是因自己是和舊持有點稍較深切的關係，因而才對吳宓引起好感，那麼就不免索然，我實在覺得他也有可取的地方。溫源寧說他創辦的《學衡》，「那回的仗是打敗了，但那股勁兒卻夠悲壯。」我要說的卻也不是那「勁兒」。朱湘談溫源寧的書，《不夠知己》，也提及吳宓，「我們偶爾看見他做得好的詩，往往像catullus和donne。」。這一點也未免空泛，因為「空軒」詩確實寫得好，其他也還有些類似的，但這和作者自己的意見發生矛盾，那麼當然是碰巧的知遇，當然不大可靠了；要贊許，總歸是不相宜的。吳宓自己則做如是說：「英國玄學詩人能見人生之深而窺宇宙之大，且上引入宗教哲理，陳義甚高，但其賦形記事每取纖微瑣屑之事物，分析過紉，比喻太密，一端偶合，全體非是，雖見巧思，殊實真象。」那個羅馬詩人呢？則乃一標準的情人，這一點更是吳宓所難以夢見者。他自己的行為就不見得出於誠正之途，只是被一種思想教養成為自欺的人的悲喜劇而已。

我發現在買來的《吳宓詩集》裏我曾寫了一行小字：「民二十四年夏日買藏。意在卷末。」這即是說我已把他的詩「偶見一枝紅石竹」，也即是說一筆勾消了。卷末附錄計有九種，其中〈餘生隨筆〉，〈學衡論文選錄〉，〈大公報・文學副刊論文錄〉及〈空軒詩話〉四種都是分量很重的談論，這才是他的可取的地方。吳宓沒有創作才能，但他的教養有的時候如果掃除矯情，出之誠意，是並不落伍的，至少是不致像林琴南那麼盲然的瞻前顧後。我看《學衡》派的人的造詣有時候甚至非新文學的正統者所可及，雖然他們沒有一個可以挨著修正派的邊際，如他們之中曾譯過《阿爾朵夫》（葉石蘇　北京《晨報》版。）有的譯過愛倫坡的〈烏鴉〉（按：譯者即譯《人與醫學》的顧謙吉君），這是吳密自己也暢談到的一百美國舊詩；又曾譯梵萊里談韻律學之功用，諸如此類都是當時很難能可貴的注意點，恐怕就是此刻許多人也還忽略這種眼界吧。又，懺情詩（二十四年春作）第二百小注云：「冗徽之此句『滄海』非指人，乃指事。非謂世間最美之女子・乃謂自己最深切之感情經歷。俗人引用此句多誤解其意。」按句指「曾經滄海難為水」，此外他還特別標舉出李商隱來，這也是很可重視的真實，以嚴格的詩人的鍛煉來看，這乃不像談到「積極的理想主義」那樣愈驚愈遠了。

吳宓是留美的學生，要他充分的弄清並接受中國傳統的哲學精神是不大容易的；但反過來講，他把人道主義Humanitarianism和人文主義Humanism區別得很清晰，這確是可贊許的：像任何人一樣，他自然也就停止在他只能停止的地方。如果僅以「教養」來看，吳宓好的成績並不是他自己推薦的〈海倫曲〉（這旨詩的最初發表版我是收藏著的），卻是關於安諾德的那篇論文，寫得不蔓不枝，恰到好處。至於他對於莎士比亞的生平行誼那麼平實的印行，說是異於一般浪漫派猖潔狂放，這贊許是更可贊許了。最後我也喜歡其由於推薦Peter Pan而拉到Virgil的日功詩以至於中國農家的年中故實等等，也是我所特別注意的，但這不但是題外的話，也是文學以外的事了。

1948年10月北平

編注：本文原見於黃世坦編〈回憶吳宓先生〉。原編者按曰：該文選自吳宓先生精心收藏的剪報：天津〈華北日報・副刊〉第670期。吳宓先生在報頭邊工整地用紅墨水筆注明：「1948（年）11月20日收到：賀麟教授自北平11月17日剪寄。」先生在文中許多地方用藍筆劃有著重號。

讀《災難的歲月》

朱英誕

我曾經對許多初學詩的年輕人說，如果公平一點，戴望舒是少有的一個成功的現代詩人。因為他單純，所以容易完美。這是一點。但只要這一點也就可以知足了。真訣是不在多的。在這一點上，戴望舒先生也許是正如沈寶基兄所說，確得力於法國田園詩人F. Jammes吧。

今年春天戴望舒先生的一本新作，《災難的歲月》出版了，但是數量仍是那麼少。而且這裏面所蒐錄的也還有遺漏，如〈霜花〉（和〈秋夜思〉等篇同刊於《現代詩風》）還有我曾在一本婦人畫報上看到過一頁，上面是嚴文莊女士題有〈微笑〉的照片，下面是戴望舒先生的詩：像〈白蝴蝶〉那麼薄弱的詩也可以收入，〈微笑〉是不該遺漏的。其中也有改作而改壞者，如〈寂寞〉，這是集中最完美的一篇，沉著，蒼老，確到了一個階段，一個程度。然如末一行，「悟得月如何缺，天如何老」，我記得很清楚，原作「悟得天如何荒，地如何老」。這裏音樂也變了，這是改壞的好例。——改作是值得讚美的工作，但是往往容易改壞；經驗愈多，現實愈湫隘，這只要你回到童年或誕生地去重遊一番即可知道，也可以領悟了更大的世界了。

事變前大家對於戴望舒的詩感到厭倦了，我卻說，也許他還保留著不拿出來；有人以為我是抱希望。但那時我確是那樣想。現在這一冊新著卻證實了我的希望是不可靠的。在這冊新集裏前半部分（九首）是已發表過的舊作，其中如〈眼〉，這首詩我不說好，也不說壞，我只能說這是類似《望舒草》裏的〈尋夢者〉（這是很難寫的詩）一類的詩，不過比較稍野一點，便容易發生危險了。關於下半部分（十六首），那種輕呼而吶喊之作，我覺得更沒有話可說，因為要說可說的話就太多。這裏姑略言之，一個人可以是很安靜的，也可以一轉變而成為蠻性的；首先我們的民族就是一個忍耐和頑強的極端者；那麼你的安靜是一種暫應，一個闔合；你的轉變的結果也同樣是一時的，虛妄的，脆弱的；有了藝術，沒有內容，固然只是「少作」必經過的一段路程；但有了內容，失掉了藝術良心，也同樣不能令人滿意：因為它還是落在這圈子內的。

事變前戴望舒先生和林庚先生為了詩的形式和技藝的探討的論爭，當時我是奉勸過林庚先生的，完全可以付諸不聞不問，這一點廢名先生最為瞭然；但林庚先生是新英雄，我也是瞭然的。然而即以真正的戰爭來看，王道就一直是失敗，霸道成功；此所以我們深愛莎士比亞的King John（約翰王），覺得這真是值得大筆特書，因為，那不就是一個文人應盡的鈞衡的力（a force of ebullilerium）嗎？關於這次爭辯，戴望舒先生在給我的一封信上說到，他大約感覺要停止爭執了，「況且那邊還有左翼云云」，當時我讀之很不愉快，我覺得這種話也能說出是頗出我意外的。我平常甚喜「悅親戚之情話」這類私生活或日常生活的境界，但以之論文學上的問題卻不是需要。戴望舒先生既然先對我也同樣或更甚的現出兇焰，隨後又暗示需要我來調停，——因為「家醜不可外揚」？其實區區印象不過是日月之蝕，我並不介意；至於調解自是不待言的，而徘徊在這兩者之間，我以為即是古代的昏聵的君主也不致如此；在這方面我們的新詩人實在還是「不曉事」的。

我對於戴望舒先生的考察和卞之琳一樣，如果容許用歷史的想像來看，他們的成就都一定是在翻譯上面而詩是有限的。不過戴望舒先生的人品也是有限的；還有詩人南星也是這樣。那麼，如新集的下半部的所謂內容便也可懷疑，也許是不夠修辭立其誠，也許是失之於明，否則至少也是失其故步了。

現代是一個災變的時代，詩云：「高岸為谷，深谷為陵，」其災可懼，其變可師！因此我又想到陶詩，「斯濫豈彼志」，這可以教給我們學得一種偉大的寬恕，專植就更偉大：

「子其寧爾心，親交義不薄。」
又：「子好芳草，豈忘爾貽？
繁華將茂，秋霜悴之！
君不垂春，豈云其誠！」

這完全不是感傷的私語。曾又有，「中和曾可經」；說得愈尖敏愈會心獨遠，他從不望而卻走，其可服膺就在此，不愧為古代六七個最偉大的詩人之一！也許還是那句古老的話好，「認識你自己」，我們都得認識自己，這是共同的要素；卻是不在於外強中乾的吶喊。

現在右邊也在對戴望舒先生不滿，這是當然的，這是我應該為新詩人辯護的；但我以為私愛徒區區，不如儘量的說得坦直一點，也許倒是好事。「我們大家都沒有盡我們的人事」，「我們該做著能做的事。」所謂度德量力也。

一九四八年，九月。

原載《華北日報・文學》第三十九期，1948年9月26日

T. S. Eliot詩論拾零

一

詩不是感情奔放而是離去感情。

二

詩不是表現個人而是離去個人；把「我」變成普通的名詞；自我犧牲，個性毀滅。

三

詩人先須有歷史的觀念，即對傳統意義之瞭解。重新評價非因時代變遷，乃緣起於新生的藝術。

四

真真的創造不過是發展而已。

五

保持冷靜，集中注意力於表達情感的技巧。

六

詩人的任務不在尋求新情緒，而在運用一般的情緒組入詩中，以表達出實際情緒中所沒有的感覺。

七

表達情緒於藝術形式的唯一方法即是去找一個客觀的互關物；即一串物件，多數可作為此特殊情緒的程式的事件之情境與連鎖。

八

因此當明鑑外表事實（終於感覺經驗的外表事情）時，那情緒立刻呈現。如：

我以咖啡的匙，衡量我的生命。

九

詩人的心彷彿府庫，搜集茲貯藏種種的感覺，辭藻，意境等等，以備一朝所有能聯成新化合物的因素彙集一處。

十

這些，一部分得之於古人詩作（傳統經驗），別一部分則是作者個人經驗。

十一

成年詩人所以異於未成年者不在個人情性的估量，也不一定在多饒意與多內容，而甯說是因於媒介物的精細完美，因此特殊和變化的感情得以運用自如的形成新的組織。

十二

心情愈精細完美，詩便愈純熟。蓋表達一極單純的情緒是世上頂煩難的事情也。

十三

一般流行的假定，以為偉大的藝術常為素樸的（Modesty），直接使人一看就懂，然而藝術永遠不會單純到這般田地。

十四

她建築在文字的顛撲不滅性的神奇的論斷上。

十五

詩人應該學識淵博，要意內言外，要間接，才得控御文字，或錯置字句，以就命意的軌道。

十六

其運行之手法頗多，顯而易見者則在應用詩中驚奇的成分，一串凝鍊和特定的驚奇上。

十七

要獲得傳統效果，同時帶出當時的特種感覺，須求助於當代的新語彙，以及森羅的文明，如「The Love Song of J.Alfred Prufrock」開端三行云：

Let us go then，you and I，
When the evening is spread out against the sky
Like a patient Itherised upon a table；
那麼咱倆人走吧，
當黃昏漫天展開時
彷彿一個上了麻醉劑的
病人躺在桌上。

但大部分仍自傳統的重新評價以表達之。

十八

以燦明的對比抓住富於暗示的過程，純熟的旋律，茲以更經濟的方法（或云神話的方法）得到更錯綜的效果。

十九

總之，以克制個人的形式，參觀傳統，表現出現代人的意識來；用基本的過去文字和當代經驗的一個客觀互關物來傳遞之。

《星月集》新序

朱映潭

一九四〇年秋，我到沙灘每週教兩個鐘點課，所教的卻是詩，其實，如果不是「海灘上種花」就好！三、四年間，我注意著三件事：一、「五四」以來的幾乎所有的詩作集，我都收羅到了。二、關於這方面的外來的移植的影響。三、對於過去的開卻。這三項差不多都是專門的系統研究工作，我個人只是涉獵而已，這裏不必深論。

我要說的是這裏的始末，從〈晨星〉到〈月亮的歌〉（這是戰事起來稍前發表的，經過了長期沉默之後，默默的發表的。），使得這本小書跡近完成了。這是一件可喜的事，於此我看到了生命之奇，卻並不神秘。書名也因之有了，命曰《星月集》。這是黎明前的黑暗，但是，黑暗中的星月的異常的強烈的璨爛，在黎明即將來臨的時刻。

這本書上卷大抵出於廢名先生之手，我再加以補充的；下卷是我所錄入的。我自己的，是根據廢名先生的評論錄入的。一九四八年，我遠行歸來，廢名先生已重來北京，見面後對我說，「人們應該感謝你呀！」在我倒是出於意外的。因為我的動機只是純粹的喜悅而已。自然，我確也願望人們從中分享這一份喜悅，如果他們不是畫廊派的信徒的話。

一九四九年秋，於北京過望樓

編注：《星月集》即朱英誕所編《新綠集》（中國現代詩二十年選集）。

記青榆

朱英誕

我在北京居住了二十五年了，但是對於古城的好處仍是覺得不大容易說清楚，平常出入於陋巷之中，自覺殆如蓬生麻中的樣子，因為習慣了，也不甚懷念江南江北的故鄉了，——無論是黃鶴樓、鸚鵡洲的大皂角園（園中還有一座藏書樓），或是如如皋的柘樹園。我喜歡查初白的一句詩：「小劫如風吹已過」，我的心情正是如此。

北京有一點容易看到的美妙，即是無數條街巷與無數家門戶，而每一條街巷裏都有古樹，差不多每一家院中也都有一兩顆花樹或果木樹，常時會令人深深感到「前人種樹，後人乘涼」的幸福。如果有誰的家中缺少樹木，客人來時就會立即的表示遺憾，這是很自然的。我曾經引起一位學詩的少年人的興趣：調查那些門巷與庭院古樹的歷史；我以為這比做廟宇的記載或更有意味。這位自稱「殉道者」不幸短命死矣。

「久行步街」我家後園有果木二三十株，可是未及遷入就都被伐去了。我在古城的城中與城外移居過四次，然而偏偏就沒有享有過「松風之韻」的幸運；兩棵海棠，第二年就無花了！兩棵古槐在大門外；一棵龍爪槐太矮小了；兩棵丁香（一紫一白）、一株梨樹、一株棗樹，還有我手植的一株杏樹，都太瘦弱了；一棵燈籠樹，遷入之前就枯死了。——這後者即是在終日與玉泉山上的塔影遙遙相對望的海甸鄉居時的故事。在那裏我還因為這棵枯樹玩笑的寫過兩聯舊詩：其辭曰：

「田間驅鳥喝如歌，笑語明燈鬼趣多；
聞道詩情如夜鵲，此間無樹又如何？」
去其雙關，取其原意，實即無樹之感耳。

我現在居住的庭院已經又小住了六年了，我的五個小孩中有三個都是在這裏落生的。我們的庭院自有它的奇妙：說是無樹，其實有樹；說是有樹，其實無樹；而當其無，乃有有之樂焉。我的寄廬的西牆是一堵敗牆（遷入時即說要葺新而至今依舊是剝蝕的敗牆），牆西無人居，只有一群孩子；但是牆外即是一株青榆，五、六年來已經由一株可憐的小樹變得高大茂密，風晨月夕，拂掃天空了。這株青榆，生根於那堵敗牆之外，卻傾向我的庭心，其蔭滿院，且蔭及我的書齋的堦除與窗門了。每到春秋榆錢遍地，黃葉擁堦，令我家老保姆皺眉冷齒（偏巧民間就有「黑心榆」的雅號！），而我則是慰情勝無，日益有說不出也不願說的高興。這棵青榆，本身即奇絕可喜，自根株槎枒四幹直放，其運命之艱難，蓋亦可以想見。詩人云，「古語多妙寄，可識不可誇」，惟此樹亦然。因以為號，並略為之記焉。一九五六年十一月五日，夏曆丙申十月初三日即立冬前二月，英誕自記於北京之千種意齋。

小序

朱青榆

下面是我的約三十三年（1932－1966）間所寫的詩，其中只有最初的少數的印行、發表。其餘絕大部分至今是塵封著的初稿。

這些詩，除了中間極少的一部分之外，都是在北京一隅寫下來的。

這些所謂詩，大抵是無用的東西。回憶起來，使我寫這些詩的，大約是一種癡情吧？但是，有的時候，明知其無用，總還不免或隱或顯的願望它多少於人已都有一點的什麼益處，——此非癡而何？不過我倒也並不妄念像神農窟前百藥叢茂那麼崇高。自然，我也無意於像一位日本詩論家把這神農的故事說成是具有那種輕妙的牧歌味。這些詩草，只是在我大半生始終處於疾苦之間寫下來的；我的詩，若然，殆類似藥草之有華歟？然則，依舊是小園中物耳。

我在北京度過的三十年間，移居過四次，而五個居處是都夠不上稱作一個小園的，於是我就渴望的幻想我的詩的局面是一座小園了。

此外，還有一個緣故。我開始寫詩較早，那時，可以說還是一個頑童吧？譬如走路，彷彿我經過一座巨大的花園。垣牆高大，裏面發出陣陣笑語聲，於是我撿幾塊頑石，拋擲過去，那笑語聲果然停止了一下。一會兒，又是一陣笑語聲起來。這幾塊頑石不就是我的最初的那三卷小詩。那座巨大的花園，我始終不得其門而入。但我似乎也本不想進去。至於我自己，則確實願望有一座象徵性的小園了。小者，自己也。小園也就是那古老的「自己的園地」吧？於此，我並無意於抱小論私，只是補說我的小園中所有物究竟是一些什麼罷了。

丙午清明節後三日，於北京彌齋。

什麼是詩？

我年少時寫了許多詩，結果都不過是詩料而已。

原因是我沒有一個恰好的形式，把詩糟蹋了。

我逐漸練習，找到了一些形式。我也找到了一些無形式的形式。最後，我有意識的以騙人的形式寫我的真的詩。這即是說，我不能赤裸裸的站在地球上，假如我是個古代的女神，我也不能。

可是我不能欺騙我自己，我不能叫人只接受形式而不接受詩；然而，詩是能給人的嗎？我不自欺，就秘不示人。

林庚先生曾告訴我，說你的詩我也不懂，可是我知道它好。這是一種好意！這是我一生聽到的唯一的一句真實的話。

怎麼辦？

我只要求：我就這樣說，你就這樣聽。

讓我們穿梭一般交錯的認識，這不認識，還認識這認識吧。沒有什麼。或就成，不或就不成；沒有什麼。

我能把材料成形了，可是，倒底還是詩料，因你還必須用另外一種形式接觸它。

真的詩就生在這神秘與現實之間，彷彿是草生在山間水之間。

形式彷彿是一件衣裳，變形的落葉。很好，詩不能是赤裸裸的真，真不是美，美才是真。如果說這就是神秘，隨你說，但是，我說：這就是深化的真實，這就是詩，並不艱深。

從詩料到詩料，——四十年的經驗，就是這一句話，或者說，詩只有自己懂；自己是什麼？誰不是自己呢？不要說粗話。

鳧晨（一篇跋語）

1971年7月

冬述

——跋《仙藻集》

民廿四年冬，我選錄了四年的詩草，結集成為一本薄薄的小書，林靜希先生為之序，即此本是也。翌年又有一本，命曰《小園集》，馮道藴先生為之序，序文曾在雜誌上發表，小集卻沒有印行。而且此後我就再也不曾公開發表，甚至談論我的詩了。但盜印或竊居者除外。

馮道藴先生當時在沙灘教「新文學」課，喜談詩，所講未競而世變日亟，不知道為什麼停了他的課程，暫借住於雍和宮西倉，曾來札邀我去談。不久之後，他就回黃梅老家去。遂不通音問。直至光復後馮先生重來古城，那時我已經涉世甚深，尤忌言詩；仍記憶曾偕同往訪燕南園，與靜希先生，不算影子，是真正的三人，卻也都相視如夢，無復侈言，更無論詩了。到一九四八年，不記得什麼時候，翼新小妹突來告訴我說馮先生有評詩的文章載在報端，我才知道我的那本小書經過了十年有奇，乃得附驥尾，當時我只想到小謝的詩：「故人心尚尔，故人心不見」而已。（這裏追憶起來，可以加一句注釋：我說附驥尾，其實是一個新典，那時林靜希先生得到葉蘭台寫刻本李長吉歌詩，因自號「白騎少年」，我也有一本，但是只感到精美絕倫，別無所得；可是道藴先生偶作書，亦戲稱之曰「朱白騎」，此奇也！所以我還是要說附驥尾，乃不失實。後來馮先生戲謂朱、白、寫著好玩。我心裏想，他當然不知道朱、白、是陳後山的用語。說到這裏，似乎離題太遠了。）

我把馮先生續寫的幾章評論收集在一起，加跋語云：

「廿五年廢名先生寫序文三篇，一篇為鶴西作，一為靜希先生作，一為予作，以與鶴者為最佳勝。今年續寫講義三篇，一、卞之琳，一、林庚與朱英誕，一、馮至，以與卞之琳者為最佳勝。暇時當偕靜希先生聯名抗議，以示不甘也。卅七年端午日，於北京雙赤李園。」（按，程鶴西先生的書是小品文字，題名「小草」，我僅見到用美麗的信箋寫的一部分原稿。）

一九四八年冬曾與馮先生會晤，我把在沙灘時所選錄至「月亮的歌」為止的那本小書（按，即《西窗及其他》）給他看，先生說：「人們應該感謝你！」我雖然並不會真的履行抗議，但是，「關於我自己的一章」前身是一篇講演稿，寫於卅五年，其中我發現有一個小誤失，說「摘花高處賭身輕」是王漁洋的「一句詩」，這是記錯了，應該是吳梅村的一句詞。另外在一篇別的論文裏講李義山的詩句，「深夜月當花」，當字作當作解，亦誤。按，實是月當頭之當。我把這些小事記在這裏，或有類於不與之畫蠅。書至此，仍不出驥尾之附也。

我把那篇評論附在集後，謹復書此以為跋語。則是「今我不述，後生何聞」的意思為重，不但紀實，亦紀言耳。說起來，距離我初寫詩時已經四十年之久了。

梟晨1971年12月4日，北京。

秋述

——紀念寫詩四十年

一九三五年冬，我選錄了四年的詩稿印成一本薄薄的小書，後來叫作《仙藻集》的那本小集。其原本林靜希先生為之序。翌年又有一本命曰《小園集》，馮先生（廢名）為之序。廢名先生的序文自已先發表了，則謹在《新詩》刊載而已。不久之後，盧溝橋事變起來，一切彷彿是夢幻，地就都變了，都不在話下。林馮二先生先後南行，林先生遠赴長汀教書；廢名先生因故避地暫於雍和宮西倉寂照和尚處小住，旋歸黃梅故鄉去；我嘗以為以疾速不如歸去最為現實也。我自已則開始閉門讀史，約三年間，惟與留鳥為伍而已。此一時也。……其餘漫長歲月，在我，其間為了一位「莽大夫」把我的所謂詩曾攜往東京，（並加盜印），幾乎使我罹得一次意外的「詩禍」！此外也殊無述說者了。最後，我纔有所作，大概已是另一回事了。

光復後，戊子（1948年）四月廿五日，廢名先生重來北京理舊業，嘗以林、朱為題作詩評，為數篇之一；那時我方遠行未歸，沒有看到。稍後；我回到舊居，親眼拜讀了那篇「說梏」文時，覺得這些澀的青柿不知道何以要採擷下來？竟好像事情是假的似的！就是後來偕廢名先生在燕南園林宅小聚時，不知道為什麼，也是興會索然，誠或不免已復有夏之感，而似乎是送春者自崖而返，「五四」的光輝自此遠矣。此一時也。余生也晚，沒有趕上五四時，當那種火烈烈而風發發的局面；到得現在而此刻，「遙憐故國菊，應傍戰場開」，則是身臨其境；殆可以作新的吊古戰場文了。自然，我卻也不贊成「三代以上的事」、「三代以上的人」的說話（注一），那不過是自覺或不自覺的以他人之志為已志，是只有令人齒冷的吧！西班牙大師說得好：

「誰能夠築牆垣。
圍得住杜鵑？」

——在我自己的小園裏，確也曾經有這「遂隱」鳥的影子出見過，很有點造訪的意味。不過，這乃是後來的事，也更要留待到明日黃花時再說。否則太急迫了，是說不清楚的（注二）。

朱青榆

1972年8月7日即壬子立秋白，於北京花稠草堂

注一：林徽音、劉半農的談話，見《初期白話詩稿》目錄後附言。

注二：《小園集》以後所寫，命曰《深巷集》。這個名字後來就定了下來，長時期不復別立名目了。只有最近七八年，偶有所作，才另外題為《秋冬之際》，至於今日垂老擱筆。用我們本土的比喻，我自己的道路，大約就象一些曲珠，而我們則是那卑微的蟻吧！穿過艱難尋覓光明，欲躐等躁進，非狂即妄而已。

編注：此處有誤，「林徽音」應為「陳衡哲」。

跋廢名先生所作序論
——跋廢名先生手稿

嘗與易堂中人閒談，說古文家的魏叔子，他讀古書有得，曰：「於留疾得善病，於武鄉得食少」，卻沒有古文氣，倒似乎近於小品文字，或許這是在平常笑談裏發生的緣故。年輕時愛詞，過於詩，大約也不外因為詩的臉終是較板重吧？我自己回想後來學詞不成的遺憾，實在就由於自己的古直；然則詞家講「拙重大」，則又始終不清楚是怎麼一回事。近年來詞家長於整理，稱道姜白石的詩；新派亦然，廢名先生為程鶴西散文作序，也引用白石詩，細讀之果其可愛也。但也有反面議論，如楊振聲先生即致慨於詩近於詞，有發過正正當當的見解。這裏又有了南宋詞的警戒，是對我的。我知道：這乃是「五四」以來的正統觀念，又是只有尊重的了。這些情況，非細論不可，則怪我對於議論一直感到拘而多畏，難以有什麼得當的表示耳。

廢名先生在盧溝橋戰事前寫過三篇序文，一為林靜希「冬眠曲」作，一為我的《小園集》作，一為上述程鶴西先生「小草」作，而以為程作最佳勝。於光復後補寫評論三篇，一為林靜希及我而作，一為卞之琳先生作，一為馮至先生作；以為卞作為佳。廢名先生手稿，原藏於寒齋，為鼠所齧，完存者僅二篇，後複失其一，就只剩下論唐俟的「他」這一篇了。嘗附錄於《新綠集》後，以志珍惜。此篇附錄意亦近似，以保存為主。其在林編《明珠》上發表短論甚多，曾裝訂成冊，為小客人攫去不還，遂不能再得矣。壬子歲暮記，於北京雙赤李園。

美人之遲暮

——紀念五四和唐俟

我嘗說，「新詩」（我不贊成這個名詞）的特色是幼稚，或雲稚拙之美，不過幼稚得好罷了。說這句話時（大約在1940-1941），我的心目中是一派「新綠生時」的春天的光景。現在，卻是要感舊了。

當我開始寫詩時，北京已經是個破舊的邊城，經濟重心南移，「五四」的流風餘韻或者只能如在古戰場上尋覓得到的一點殘象了。「五四」是一個古戰場，但又是一個春天，一個獨特的春天。季候的春天和生命的春天不一樣，它可以「經冬復歷春」；在人生，則春天可以有，也可以無；或者，他可於晚年補足，這就彷彿他的生命歷程是應從夏天開始的一般，但無論如何，這後者總歸也算是「經冬復歷春」的一種特別樣式了。這樣想著的時候，我是在指寫過「他」這一首詩，而後來「若到江南趕上春」的、已經不寫詩的「五四」初期詩人唐俟先生而言的。

我們的「舊詩」（我也不贊成這個名詞）則恰好相反，而以成熟馳名於世界，稱得起是「天下後世」的「公論」了。我們與之殊無比較之可能。試讀：「人生不相見，動若參與商！」誰讀之不感到如此質樸，又如此神奇，幾乎說盡了生命的奧秘，然而又是何等自然！使得我們這破碎不堪的現實，由於這樣的詠歎竟充實得多了。這兩句詩，我以為比起《牡丹亭》這部戲曲來，似乎更神奇，這是現實中湧現的神奇，也可以喚作神奇的現實吧？杜麗娘的「還魂」是人為的，詩是自然的；前者是花種在花盆裏，後者是野生的花木，——它卻是成熟而不稚拙。讀之，使我們感到誠或不免徒喚奈何了之感！

杜麗娘是先是孤獨、痛苦，後才是充實；

我們的詩缺乏充實，卻是因為「五四」的春天畢竟是太短促了。

奇特的是，唐俟就說過「埋掉自己」的話！後來他終於破繭而出了。

我所希望的就是那樣一個新詩中的奇麗的花間美人。

然而命運使得我們得不到這樣的奇遇。我們讚頌唐俟，他同時不免如詠「老樹著花」，這並不「醜」，或者我們也可以以醜為美吧？可是最好的讚頌依舊是要借一個古酒杯：「美人之遲暮」，我們最好的命運也只能看到一個遲暮的美人了。

「五四」是在北京發生的，這正是北京式的春天。現在，這個春天就成為一個花環。

朱青榆1973年1月9日，於北京烏屋。

編注：唐俟，即魯迅。在廢名的《談新詩》中，有〈魯迅的新詩〉一文。朱英誕的《現代詩講稿》亦錄之。

我所理解的「自由」

在五四時期，起初詩是最興旺的，很像一叢嬌豔的淡黃的迎春花的樣子。這就難怪不久之後就有人歎惋著說那已是「三代以上的事」，人也成了「三代以上的人」了！然而，「初期白話詩」的特色卻只是幼稚，不過幼稚得好，似乎可以說這種稚即新鮮的生命是不會夭折的；實際上是，蘆溝橋戰事起來之前，不是還發表了開宗者的一首「月亮的歌」嗎？

但其後，詩就不能不是「暗水流花徑」裏的「冷淡生活」了！換一句話說，它終於成為一道潛伏的小河，也許是穿過海底的河流吧？——就像神話傳說中的Anethusa，她的河水據說是在海水下穿過去的。

望你的河水，女神啊，在西西里波濤下流過，

但能夠不同那鹹苦的海水相混合。

「自由詩」其實並不自由。這本來不是人們的要求，雖然愛詩的人們是命定的自由主義者。並不處於古希臘文明的大傳統裏，我們自有漢唐以來的自由的傳統；只是到目前，它正浴於現代的樵徑的風中。我們的自由也不同於俄羅斯的小船，終於粉碎在礁石上。我們自有不絕如縷的綿延下來的道路。說「自由詩」是「懶詩」，這倒是一個成功的諷刺。……

朱皛晨　1973年2月30日

於北京顧影菴

重新想到謝眺的詩

馮芝生先生在論「維也納學派」時，寫過一篇〈論詩〉，他把詩分作兩種，一種是「止於技的詩」，一種是「進於道的詩」；關於前者，他舉溫飛卿的「溪水無情」（絕句）為例；關於後者，舉李後主的「獨自莫憑欄」（詞）、陶淵明的「採菊東籬下」，陳子昂的「前不見古人」以及蘇東坡的《赤壁賦》等為例。馮芝生先生說：「止於技的詩可以使人得到一種感情上的滿足；在論「進於道的詩」時，是除引證阮藉「詠懷」，「詩無達詁」之外，全是《滄浪詩話》，計約八處之多。這些例言幾乎可以說是嚴然滄浪「神韻」派一類的詩，亦就是進於道的詩了：這個結果，使我感到很大的興趣！

我在這裏不可能涉及哲學與詩的關係的論斷；但是我可以說大約一百五十年左右的期間，即自龔自珍起至於今日的近代史的範圍內，似乎我們始終還不能辨識我們究竟處於一個什麼樣的時代？似乎除了一團星雲狀態之外，我們還只能借謝眺的詩：「天外識歸舟，雲中辨江樹」來描摹我們的心情，而且這一點心情又是一直貫穿著我寫詩的四十年間並沒什麼大的變化的——否則，我如何能有這麼大的耐久性一直不斷的寫著。我究竟除此之外有什麼依靠，使我得以繼續生活下來呢？因之，我不免重復沉思過去，如果我能早一點有決斷，則「見此茫茫」也許會少寫一些「止於技的詩」而轉到「進於道的詩」上來吧？

一個人終身得不到某種「理趣」，沒有「歸宿」是常事，但在沒有得到它的時候，我們活著，毫無「皈依」，就會像一束懸根的蘭花一樣，那樣，過一世的「人生無根蒂，飄然陌上塵」的一生嗎？我們會這麼毫無道理的活著嗎？如果是的，那麼人類就無所謂生活，甚至無所謂生命，活著只是生存，活著也只是「與木石同朽」而已。而且我們夢想著和平，可是和平與我們的關係也是「人生不相見，動如參與商」！我們除了辨識心情，有什麼陰陽二力結合可以尋求呢？我們並沒有以詩來「自欺欺人」，（馮先生正是這樣說「止於技的詩」的），倒是我們被哲學欺騙得夠苦的，以至成為夢魔？！

黑格爾說得好：「先是生活，次是哲學吧」！

我對過去的「冷淡生活」，是並不感到悔恨的。

朱青榆記於1973年3月20日

即癸丑春分前一日，風中，北京。

冬述

——《春知集》代序

一九三二年夏，我初回北京小住，翊年全家遷來定居，我算是重來了。其時經濟重心南移，北京幾年是一座空城，或者就說是一座新的「蕪城」吧！但我並無吊古戰場的心情。實際上是：「五四」當時那種火烈烈而風發發的氣息，早已遝如黃鶴了，要吊也無從吊起。此間說是松菊猶存，而傳聞異辭；我自己所深感默契的，大抵如莊生之旨：「舊國舊都，望之暢然」而已。平常也只是在別人午夢間，獨自到萬牲園去，一看荷花荷葉的清涼，也就滿足了。遺憾的是，這一點的滿足，終於沒有得到保持。……但那是另外一回事，也是大家都熟知的，存而不論可也。

有一種況味我卻不滿足，——當然不必是像浮士德那樣的永不滿足；我說的是：北京的特色是秋高氣清，然而，「詩的天空」1.青且無際的韻致消失了！詩與社會脫節，用借古酒杯法來說，那就是：「謀諸賢知則不悅，以示眾庶則苦之」。這個狀況很是特別，很陌生的樣子，是我們大傳統裏所不曾遇到過的，故亦無從斷言。我的不滿足給我帶來了中間大半生的清簡生活，我沒有參加那朝頂進香的人馬隊伍裏面去，我沒有「災梨禍棗」，自然，這些手稿清楚的告知，我一向都在東塗西抹，則是也並未過於擺脫。

一九七一年冬，大病幾殆，再經冬歷春，迄不平復。癸丑春日，院中石竹花閧然秀發，枕上聞畢卡索以高齡病逝的消息，誠或不免「冷搖疎朵欲無春」之歡了！2. 畢卡索臨終前還要開創一個新的時期，畫風還有變化，真有「太上忘情」的意味了！這大約也就是「平淡之餘乃有波瀾」吧？弗斯勒（Vosslec）在《論丹西》一書中說：「科學與美術或需要有富庶的經濟沃土。但想像豐富的作品是岩石上冰天裏霜雪暴風中盛開的花朵。其受政治和戰爭影響處，謹限於它滿足人民的想像和情感處」。近百年來，文學藝術的發展與經濟不能成正比，這是不消多說了的。但是，「人煙寒桔柚，秋色老梧桐」，在個人漸近老境，將近似冰雪世界：從這個角度來看，我是欣賞弗斯勒的冷眼的。兩卷本選集，粗具規模，題作：《知春集》，因略書教語，以志歲月，並以為序。

1973年4月末日

梟晨於北京禮寒山齋

注1.Philip Sidney（1554-1586）論詩語。

2.林逋詠石竹花詩，無一作生。

《仙藻集》題記

我的第一本小集寫於一九三二年夏——三五年冬，不足四年的時間；僅短詩三十二首，一本薄薄的小書而已。取唐人詩句「仙藻麗秋風」，命曰《仙藻集》；其時初涉獵哲學，居然還給我的源出於臆造的宇宙美滿的感覺，找到一個意念的哲學根據，那就是萊布尼斯的「和諧」說。自然，這是牽強附會的，然而明知道是難逃附驥尾之譏，我卻不改，以存其真。但是，我面親盛開的寒草，因風嘯詠，果有什麼神秘的了悟不顯言之義嗎？這是苦於難明的。

盧溝橋事變既起，一時對東方的一切都感到懷疑起來！——但有一點保留：「山川鍾秀」，這是我們深厚的民族感情，也是不成文的哲學，為人人與共的最好的哲學。我以多疾苦？寫詩以不得「江山助」為苦；然而，於此，乃復不妨開始做一次精神的流浪。「荒塗橫古今」，蓋不啻為予當前詠之，此奇也，……直到一九四八年冬，我自真的一次遠行歸來，在一個大風雪天裏，潛心重讀《韋蘇州集》，重有所思，才告中止。實際上是整整的面壁十年！以後惟《浮士德》尚在案頭耳。凡曾枉顧予待花草堂者，大抵可證吾言之不文，茲不復縷析矣。

歌德在他的自傳裏講到的「幽靈」（Diamon）一詞及其全部精義，值得深信不疑。據說蘇格拉底就常以為：他的行為每受其內心的一個幽靈的聲音所指導，但我也想，這行為，當稱為現實時，其間能夠沒有折光似的曲折、進退、反覆、乃至決裂的痛苦嗎？若然，「幽靈」的一念乃與「自動發生」（Spontanelte）有著息息相通的可能。謬之與古為新，殆無不可吧？伊斯特曼（Max Eastman）厥性好罵，猶呼之曰「孏詩」，正是呼牛呼馬一類，不視為戲謔之談，亦難言者也。如果我給近代藝術找一個哲學背，歌德之所見，我以為，要比「笑之研究」更為相宜，也未知（注一）。詩在近代藝術裏實在要算是比較平易近人，平平無奇的。我們自己的哲學：「惟深可以通天之志」，本來植根甚深，故覺一般的個人的理論建實際設實屬多搿，尤其在目前，詩還沒有形成歷史，還處於生新階段，我是這樣想著。寫詩總是只能直覺的，如何對待詩才需要理性，例如厭倦、耽愛等；寫詩的人總歸不是哲學家，就是最好的哲理詩人，如陶淵明，他所寫的也依舊是詩人之詩：他有了不起的嚴肅，但更有灑脫，極其神韻的，直覺的；卻絕不沾皮滯骨，拖泥帶水。特別是，把天真運用得如此深妙，也只有陶淵明一個人，達到了我們所絕難想望的境地。——可以這樣說著玩：他不是廬山的、而是三神山的孤獨的隱居者。天知道三神山在哪裡！也許正是現代發現的「幽靈島」？那麼，就是最傑出最有才能的外交家和軍事家，也只好望洋興嘆罷了。假如連這一點的自然都不能征服，其厚顏的程度，未免令人齒冷而已。我不要再說「失望於失當」（注二）嗎？寫至此，我想實在已經簡單的回答了前面提到的疑慮。

1973年紀念日，於北京無望樓。

注一：英國Heshest Reae著《今日之藝術》（施蟄存譯），引柏格森立說。茲不贅述。附錄歌德的見解於下：「他相信在有生的與無生的，有靈的與無靈的自然裏發現一種東西，只在矛盾裏顯現出來，因此不能被包括在一個概念裏，更不能在一個字裏。這東西不是神聖的，因為它像是非理性的；也不是人性的，因為它沒有理智；也不是魔鬼的，因為它是善意的；也不是天使的，因為它常常又似乎幸災樂禍；它有如機緣，因為它是不一貫的；它有幾分像天命，因為它指示出一種連鎖。凡是限制我們的，對於它都是可以突破的；它像是只喜歡不可能……這一個本性。我稱幽靈的。」（《詩與真》第四部最後一章，轉引自馮至：〈浮士德裏的魔〉一文。）

注二：向秀。

「栽竹樹」法

以建築喻創造最有意趣。它比從生理學上看，更好得多。如古希臘的「分娩」說，就難免令人覺得勉強；因為在動物生育上，要是我來取譬，我以為最為貼切相宜的倒只是無性生殖，不管它是「分裂」式還是「出芽」式。若然，有誰又甘心情願，自認為是變色蟲呢？所以，以生理學釋詩藝，是行不通的。

我向來羨慕哈爾黛（T.Hardy）早年深通建築學，晚年又自重其詩，他的詩之所以那麼精密、妥貼，給人以一種乾乾淨淨、俐落到逼人的幽冷的觀感，其實是又結實又耐觀，與他的建築學的技術背景是深刻相關的。我們也有過從建築說詩的舊話，例如說：「諸子百家詩文詞如書舍花園」之類，以居處之狀，譬諸書籍。可惜較為含糊，無足述者。

近代藝術講究自由的、自動的寫詩，以散文寫詩，既沈著又痛快的寫；內在複雜，外在離奇；說得好聽些，就是「怪麗」罷？近代藝術使我們彷彿一定受著心內的什麼幽靈的支配似的，這很好。其顯奧隱沒無常，也很像足令外交軍事家喪氣到哭笑不得的幽靈島一般，也可以視為：似乎只憑眼睛的浮光掠影，就看不到的珊瑚島，這就又糟了，還不是無性生殖？

有一種想法，關乎詩藝的建築美，其記錄如下：

「美必兼兩；每下一筆，其可見之妙在此，卻又有不可見之妙在 彼。譬如作屋，左砂高聳，右砂低卸，必須培高右砂方稱。拙者輿土填石，人一見知為補石砂之闕，巧者只栽竹樹，令高與左齊，人一見只賞歎林木幽茂之妙，而不知其意實補右砂低卸也。」（清・魏叔子文集・日錄卷二：雜記）

此求變化，去板俗法，可以給它一個好名稱：「栽竹樹」法。正如泰納說的「這兩個頂峰（案，指自然與藝術）是相齊的，自然的主宰讓藝術表現出來。」（見《論藝術與人生》）這栽竹樹法，似乎是庭園或園林藝術，實際已進入很高的藝術範疇，「美必兼兩」比起降樹兩歌、黃華二牘，似乎平平無奇；卻更好、更合乎我們的大傳統：文章微婉、春秋之旨是也。

《小園集》是我的第二本小集，作於一九三六年（最初五年的末一年），原有短序，是我的第一篇散文；中更戰燹，早已遺失了。嘗擬補作，僅得沈思：詩章俱在，不可復述，而序有評泊義；尼采說：「下一個結論，比起寫一首詩來，要困難得多了！」因之曾想到過栽竹樹法。然恐文不逮意，弄美成拙，迄未著手，謹錄於座右而已。今偶寫此短論，即以為代序，得法外意。「小園」者，自己的園地亦序外意也。

梟晨
一九七三、五、廿七日，午後；
於北京無望樓。

《春草集》後序

——紀念寫詩四十年

民廿一年夏，我初回北京，其時經濟重心難移，北京已經稱為荒山蕪城，惟動植園的接天荷葉，中南海裏鷗鳧戲水，略覺可看而已。我一個人在親戚家老屋小住，雨中讀泰戈爾《飛鳥集》，——行篋裏唯一的一本小書；偶效其體，寫了幾首〈印象〉，卻發表了，自此始保存詩稿。猶之乎有泉一線，這樣，就開始了一條向詩傾斜的道路。

世有W. B.夏芝，我也是從泰戈爾知道的；讀夏芝的景物詩，例如〈柯爾（coole）湖上的野鳧〉之類，不但很敬愛夏芝及其詩，而且對愛爾蘭或色勒特也引起嚮往來。我對於詩的普遍的信念，就是這樣樹立起來的。

看起來或許近似夢遊病，我自己卻知道：不過是「遊子澹忘歸」罷了。回憶三十年前，每秋來，獨自到中南海西岸去漫步，面對澄明的湖水，看野鴨在水上成群結隊，嬉遊相逐的光景，如入清涼國。因進一步明白，現實與幻美如此深妙的交錯，分明是一種單純的怡悅（即是說，這與禪悅還有別。）至此，在「詩的天空」下，我避免了超詩的理想主義的危機。

民廿九年秋，我到沙灘教兩個鐘點課，卻是教詩，實則是「海灘上種花」耳。藹理斯「斷言」（Allismation）：

「生活始終是一種藝術，是一種每個人都要學的，但是誰也不能教的藝術。」

這裏，我想把「生活」一詞，改換作「詩」字，知者，可與言詩矣。這倒確實是符合當時我的心情的。在我們的大傳統裏，詩本來是日常生活裏的一面，平平無奇，故也無所用智。向秀云：「知生於失當」是也。夏芝則說：

「在高唱理由與目的時，好的藝術是無邪而清淨的。」

三百年前的詩人題襄陽詩云：

「魚鳥雲沙見楚天，清詩句句果堪傳；一從舉世矜高唱，誰識襄陽孟浩然。」

凡以詩為筌蹄而寄興於寫詩本身者，如果有味乎詩人的「晝寂」，琴師的「精神寂寞，情志專一」，總歸是會善移我情的。若「游魚出聽」、「百獸率舞」，與旁埤的Qhheus壁畫參看，亦可見東西相去不遠。惟兩半球終不能成左右魚符為可惜也。詩人東坡乃曰：「我若歸田，不亂鳥獸。」何其自信，蓋自得者深矣。誰說「鳥獸不可與同群」呢！「鳥獸」又究竟有什麼不好呢？——這是一個問題，非徒歎惋也。

去年春初，一病幾殆；經冬歷春，迄不平復；戰後氣壓益低；今年伏日倍長，然而高爽的秋意，還是及時來臨了。鬼拍手在風中笑傲，雞鳴欲啼，雨沉悶的下著，究竟是秋天了，我還不如趁此細雨夢回，把這新秋白日夢草草的記錄下來吧。

「春草」者，「春草秋更綠」，小謝之詩。盧溝橋之役起來，我正在寫第三本小集，曰《春草集》，從此以後就不復公開發表了，這個名字遂保留了下來，至一九四九年止，十三年稿。其次，曰《揚塵集》，至一九六三年止，十四年稿。復次，曰：《冬膠集》、《繫纜集》（小集），至一九七三年止，十年稿。自五四以來二十年來緼釀相傳，本來只是一個春天，不過是一個伶仃的春天罷了。蓋送春者皆自崖而返，春自此遠矣。然則，豈秋行春令耶？抑秋非我秋耶？殆難言矣。

梟晨1973年，夏曆7月半後一日，
雨中補作，於北京禮寒山齋。

附記：

1.盧溝橋之役起來之前，有兩本小集：《仙藻集》，《紫竹林集》（一名《小園集》），可以獨立。自《春草集》以下，取出一小部，依俗諦，做為選錄；取王安石詩：「春風取花去，酬我以清蔭」，命曰《花下集》。花下者，實則樹下也；就回憶而言之，故仍是花下耳。這些詩，在詩稿中遂只有目無文。附識於此，不更序。

2.野鴨下居於中南海水上，灰鶴以太廟、柏林為家，是舊日北京古城中兩樣特殊景物，奇怪的是，何以是在北京古城最為荒蕪的時節的事，這須請生物學家來告訴我們了。那時我家已定居於這「神奇之右臂」的環抱裏，對於荒蕪，可以說是習慣成自然，這奇美的風土也是只在人心中而不入記載的。似乎，這種荒蕪將與我的詩有「偕亡」之勢。但寫這篇小序，本意並不在此。非擬作輓歌也。

這類的印象和我早年的詩，很像荷葉上的朝露，是容易曬乾的；那後來的，就彷彿是昆蟲的複眼了。所以，為了避免重罹詩禍，我向來不大和包括親密的朋友在內的人們談到寫詩的事；我又是拙劣的園丁，「似之而非，而不能免乎累」。這裏像利用種竹樹法寫一篇序文，卻又始終寫不成。似乎命運使我只能利用這麼一點兒閒晦，彷彿魚兒偶露於水面一般。

略記幾項微末的事
——答友好十問

一、我最喜愛的形式是散文詩而不是詩，《仙藻集》五稿裏本來附有六首，後來因為改版不易，只能抽換，就和「雨天」二首同時刪掉，至今想起來還覺得可惜：這樣這個形式就沒有得到發展。

其次，避處海淀鄉居之前，我匆匆注釋「遠水」才去的。這是我的唯一的一首較長的詩，其餘都是短詩即雜詩而已。此不過如曹丕所說的「短歌微吟不能長」是也，我並無主張。我是向來不計較自己有無理論上的思考的。此外，我在不久以前，曾發願寫一首關於吳剛的劇詩，卻一直未能著手，這也是因為習慣了寫短詩的緣故罷了。

二、現代詩，我以為殊無可類歸，按照我們的大傳統來說，也只有雜詩還有點近似；以前我寫無題詩，其實性質也不出雜詩的範圍之外的。

三、我寫詩每不避重複，我的私意是：或許由於貧乏，但更明確的則是想把同一意思寫得再好一點，——當然，這是願望，考所願而必違，如果不以宿命來解釋，就是出於我的能力之外的事了。

四、關於韻律方面的事，我以為可有可無；用散文來寫詩是現代化的趨勢，同時也是十足的難事，如利用韻律，實際上正是避難趨易。這裏面並無絲毫的神秘。

五、晦澀與樸素，難與易，本來是兩種並行不悖的風格，卻非涇渭之分。當然，詩寫得晦澀，往往是由於在「大膽、熱情、省力」這些原則上多所缺陷所致，而明白的詩比較起來倒是難寫的。在這方面，我又一反上述，不甚責難趨易避難。這都不過是我寫詩的態度以為詩是較高的娛樂，至於「創造」性，卻常覺高不可攀。這真是不得已的。

六、外來影響是一條通行「比較」的百花百草的園子的路，詩如果是土壤，一棵樹吸收其中的營養，是完全可以不介於懷的。譯詩也是我們的一大筆財富，雖然尚無系統，卻似乎已可比媲美於佛經的流通，如果有人大致整理一下，當有可觀；而且對我們自己的產物也未必無刺激的功效吧？大致說，英美法德，及其他一些大國固然眉目清楚，有許多小國（大家習慣的稱之為弱小民族）也並不完全陌生，很多園丁倒是值得欽佩的！對花木鳥獸，我們並不歧視，詩文有什麼更奇特的尊嚴不能與之等同呢？外來影響與傳統不能偏廢，歸趣仍在現代，這更是自明的事。

七、我很愛舊詩，普遍的愛。坐在窗前讀古老的詩卷，正如坐在柳蔭下垂釣，面對一湖，你總會釣得一些魚。這幾乎完全是個享受。我並不自珍；但如果說到尊重，那是因為我們是一片沼澤，一片泥土，要否定，那是應該毫不客氣的對之質問的。他們是否願望看到花木、五穀、樂景……？而且是否永遠要坐享其成？「芙蓉窈窕，出之卑微！」請去質問人們，他們究竟又有什麼高貴的所在？

八、我有起書名的嗜好；但是：我曾經想學印刷術，沒有得到機會，我不得不放棄利用「小集」的形式的主張。最後只好採取了傳統的辦法，「定於一」了。其實這是很被動的結果。那些名目都保留在《春泥集》裏，當作副產品也未謂不可。

九、我欽佩歌德及其大著《浮士德》。我讀詩也至雜，故普遍的愛；較可說的，在古代是陶淵明，謝眺，杜甫，以及王、孟、韋、柳一系；國外的，我最愛夏芝，泰戈爾，現代西班牙各家。不見得與自己有深切關係，重要的在欽佩、欣賞。

十、沒有。

我是力行派，只重自己習勞。對別人一向少設想，常以按人們自己的意志取常去短，分以肯定或否定。我相信人都有自知之明，不大愛操心。最討厭隨意與任性的評論者，而尊重謹嚴的研究家。我倒夢想詩能恢復它的普及狀況，像唐宋那樣。

詩論家與詩人兩者，冷靜與熱烈的平衡都是一個原則與標準。

對不起，我們涉及的太多，怕多說了空話也會多，就請中止吧。

我所談到的，都比較公平、有益。我已經滿足了。

我的詩的故鄉

——《春知集》後序

麥克里什・阿奇博爾德（Anehilold macleish）曾經慨歎過尋覓不到一條回到童年的道路，這真是值得慨歎的事，比起法國現代已故詩人（一個可尊敬的人）麥克斯・稚各勃（max gacob）說要「尋覓真詩的道路」，似乎更難，更令人惆悵！過去，我自已習慣地只從1928年初寫詩時算起，再也沒有想過要上溯於更早的失去的時間，於是我的道路真成了橫在面前的一條「荒途」。此時際我的心情微有改變；又不是篳路藍縷，尋覓道路，我倒想試試看。我想，不妨視童年為故鄉，我就可以說說我的故鄉以及其來龍去脈了。「君自故鄉來，應知故鄉事；來日依窗前，寒梅著花末？」似乎我們也可以在西窗下共悅情話吧。我想說：詩本來是如何幼稚的以及它又如何幼稚得好，——大凡真正的新鮮的事物，都是幼稚的而又幼稚得好的，惟詩亦然。要緊的是人如何愛護它，不能以詩為酒，而要愛之以理，不讓它驟然「臨斷岸，是新綠生時，帶紅流去。」詩不能像一陣風吹馬耳似的就吹過去了。或者：「駱駝見柳，渴羌見酒」，那樣也不成。

在我做詩以前，最值得一提的大概要算是兒時的野遊了。可惜我沒有一支彩筆，不能做文章而來描摹那些鄉村的景物和敘述那些豪興。這裏我只考略式的說說吧。例如，每到夏天，我們一群孩子（所謂「野孩子！」）時常跑到曠野林深處，那「野趣」太豐富了，我以為，只有「自由」一詞的廣義才能勾勒出那豐富的輪廓來。也許這兩個詞正是一隻共命鳥哩。有時我們碰到變色蟲，輕輕觸動它一下觀察，那是很有意思的。我們捕捉麻雀，卻要當心有蛇！捕捉蟋蟀就沒有什麼可怕。在荒郊裏黏知了是最不相宜的了，我們很少做。跳過籬笆，到瓜田裏去偷瓜，似乎只有過一回吧？最奇妙的是遇到暴風雨了，天風海雨，聲勢浩大得嚇人，然而什麼風雨能捕得住長翼善舞的信天綠呢？而且，一場急風甚雨很快的也就掀了過去，又真的像翻了一葉書卷那麼容易呀。雨過天青無際，陽光更是鮮麗無比，長天小影，我們一群立刻跑到小溪邊去擦澡，洗滌衣服鞋襪，頃刻也就曝乾了。……凡此逸樂，無非淨土浮華，怎能不令人懷念呀！綠野間散發著濃郁清新與腐朽混合的香味，籠罩著的實是童年的王國。然而不知是什麼時候，有什麼勢力，竟不費吹灰之力的把它永遠的滅亡，實際上卻像是失去了樂園！是不是標幟現代文明的城市的威力呢？是不是孩子們都變成了翠屬平鋪的、一望都只不過數過高的「規距草」了，要尋覓半莖參差錯出的野生植物，已難再得了呢？誰知道。

我只說說我的變化心情吧。

那種恢復不了的失去的心情，大約可以叫做「自思情」。

一個神秘經驗，那是很早發生的了。大約只有五六歲，我被關在斗室裏讀詩：「春眠不覺曉」以至「關關雎鳩」之類——那時還沒有讀唐人「絕句」和更為自由的「宋詞」。但也偶有機會逃脫文字聲律的羈絆，其中就有過那麼一回：我一走出冷清的小巷，突然我發覺我像一個「六居人」那樣驚異的面對著：白晝是這麼輝煌，周圍是這樣寂靜，可是，人呢？人們都跑到哪兒去了呢？我不知道。很久很久以後，我也許想過：「如魚之樂而相忘於江湖」，等等，但在當時，我哪裡知道這些。無論如何也想不到，如何秀云：「知生於失當」，等等。幸而我無知，因之一下跳到充滿了熱情與理想的歡樂的海洋裏去了。陶淵明云：「大歡止稚子」，「無樂自欣豫」是也。事實上也如草然，不見其長，而日有所增，此種「白日的心情」在我是自覺的浸入其間。……這個，與其說是神秘經驗，勿寧肯是特殊的感傷給我的影響之深，你可以叫它作理想主義的危機，但我從未過於擺脫；相反的。我覺識到正是它使我受惠一生。卻不限於戲劇化的「春到小門深巷，人間清晝」；它要平實得多，正可以說成為我之偶愛閒靜的詩的故鄉了。——不過，我的感情後來又逐漸演化、變異，直到終於一朝，我以為：人應該只是做些卑微的，平實的工作，而詩之為物也正是這類卑微的工作的一種，換一句話說，即做詩為常行，釋氏謂之「般舟三味」；至此，這些自然是後話了。我才確立其完整性。

我再來把話說完。我的野遊與我發現的晝寂狀態，差不多是同時連袂而來的。我還記得往往是晝遊歸來，我又立即埋頭書卷，直到我的老祖母燃燈入室，放在窗下，藹藹告知：「雞上籠了，」或「雞蒙眼了」，我的一天才算過去。

《仙藻集》無序，其本身沒有寫這個過去；《春知草》也沒有寫這個過去，補寫序罷！意有未盡，復寫此附於卷末。

1975.11.30，初稿，

12、13，改作於北京禮寒山齋，英誕。

海淀

朱清榆

1943年春夏之交，我的長女降生。我急忙請求住在海淀的一位同事代為覓得一所住房，由城中遷徙到近郊來。新居屋宇明亮寬敞，地勢很高，坐落在舊燕南園南門外的高坡上，無異於一座小樓，這是北京城中所找不到的住宅。我還半寫景的借用墨子「夏後鑄桑繇」，取了一個臨時的書齋名：「逢白齋」，我說臨時，是因為以後不常用的緣故。

三十二年前的海淀，那時已是一個冷落的小鎮，早已失掉往日的光彩了。不過對於我來說，清冷的氣氛是求之不得的，所以並不緬懷往昔。人間熱鬧，我實在怕極了！我的脾氣是：往往逢年節的日子，很盼著家人都出門閒逛，只留下自己，窗外石榴樹盛開著謊花，並靜靜落下，在我就是極大的享樂了。我從我家「小園」移居到海淀時，心情本不舒展，於是發覺，新居雖好，美中不足的是缺少樹木。易曰：「地之可觀者莫如木」，一個庭院沒有草木，那可太乾燥無味得很。北窗下也有一株叫做燈籠樹的小樹，但是樹幼小，卻已經接近枯死，想來當係人煙荒蕪所致。鄰舍是空的，蓬蒿沒人，可是一株棗樹不久就結實累累，我們算是借了它的一點光，有樹木，也有鳥，有雲，可得觀賞了。

海淀只有唯一的一條大街，此刻已極蕭條，其南端是一些較隱僻的居民；我住在那裏時，很少看見這些遠鄰。北端通鄉野大道，直達西山。西面是廣漠的田野，這裏有一家牧場，離我新居不遠（也不過一牛鳴地吧？），每天清早可以有鮮牛乳喝，不過須自己去買，沒有人來挨戶送。這樣，商業氣不濃厚，是可取的，我也寧願跑一段路。蔬菜卻往往是帶著泥土的氣息送到家門外，那一年夏天我們幾乎天天吃柿子椒，就是因為送上門來，情不可卻的緣故吧？我們自己也學種菜，番茄，油菜，扁豆，都成，不過種番茄很失敗，瘦小如雨中山果，大約隨隨便便是不成的。我倒也沒有研究，只吟味著東坡居士種蔬詩：「人間無正味，美好出艱難」，那是我也多多少少懂得一點的哲理了（我在某報紙上見過，馬耶柯夫斯基也有類似的詩句。真是無獨有偶，讀之令人讚歎！）。

新居巷口，有古柳一株，其大可以蔽牛；每黃昏夕陽西下，我獨立樹下，與玉泉山塔影遙相對望，不覺凝目久之。

我曾到海淀之西，成府村訪友，那要經過很僻靜的巷子，我的友人說他對那其間每一塊石頭都是熟悉的。可是獨行踽踽，我乃不免拘而多畏，故雖知那裏隱居著《渡河》的作者，詩人陸志韋先生，也終不曾往訪也。傳說其時他也曾賣家俱度日。

白天好得多。一到夜晚，我在過我的「夜窗寒乃清」的生活時，便聽見有聲自里間傳來，其聲如「喝」——，其音曼長，知之者為村夫驅鳥，不知者以為蓋鬼哭而神號也。山妻夜半醒來乳兒，往往驚異，其實土室斜掛著小紅旗，在白晝，她是看到過的，也明知道這是做什麼用的，然而一入夜，便早已忘到九霄雲外，寧願做個准懷疑論者了。假如真的有鬼見訪，彷彿「蟋蟀入室」，那將是何等好的賦詩談道的時刻呀！可是，此不可以語靜，終於，我也有點不安了。於是待到秋風一起，我聲言謹遵醫囑，依舊遷入城中。

唉，我命定的是城中人乎？嗚呼，城中人，城中人，當你經過黝黝芃芃的莊稼時，你可曾經歷過一種震撼：

「當作秋霜，勿為檻草」？

我在海淀隱居或「避人如逃寇」時，確實有所感慨，每入城，處處面牆，一片灰色，大街也顯得那末短，家室是那麼湫隘。當其時，蓋凜乎不可不有所思也。

一九五二年夏天，我重遊海淀，飽看了那麼高大的木槿花，花近高樓，於是舊的感覺如「朝在夕不存」，為之一變。現在我再來回憶，其「秋霜」之感卻在，因為：一頂冠冕的「田園詩人」的帽子加諸我，也許有朝一日我會吟詠出一句「淡然不生嗔」吧？

1976年、10、4於北京逢白齋

冬曦

——俞平伯小識

朱英誕

一個人寫詩寫到老年，可以說幾句話，但不可以說這便是「從心所欲」，而又「不逾矩」；特別是不應做為在你的小山頂峰上的發言。這樣，你就可以說話了。

你的話，也許叫做「冬話」吧？然而，什麼又是「冬」呢？是以枯樹為代表呢，還是以冰雪？

曹雪芹四十多歲就死了，所以他的《紅樓夢》雖為殘書，卻是那麼豐富、充實，很像連鵝毛也不起飛的，靜悄悄的夏天午後的景光。詞中唯美大師周美成（邦彥），有小詩，只有短短的二十個字，其詞曰：「冬曦如村釀，奇溫只須臾；行行正須此，戀戀忽已無。」多麼平淡，多麼簡練，望而知為出之晚年的手筆。他的陽光是可愛的陽光了，他的酒是可愛的酒了。這裏，我第一次在說酒的好話，故亦可記也。我們也可以說，曹雪芹是沒有冬天的詩人。這個缺陷是無法彌補的！

俞平伯對周美成的〈曝日〉絕句，曾說是他的「很特別」的作品，是歧視的；而對《紅樓夢》的愛好令人疑似「偏執狂」！但這是怎麼回事，如果不是足以證明俞氏的青春的陰影是濃密的？

開國期間，俞氏寫過〈七一・紅旗・雨〉，以新詩的形式毫不含混地表達了他是愛國愛民的志士仁人，之外，也足以證明春春陰影的濃密。俞平伯是曹雪芹一流人物，而不是「低調俱樂部」中人。我們應該信任毛澤東主席的話：對俞平伯「採取團結的態度。」

昨日晚有客來，大談西山腳下正白旗曹雪芹故居的傳聞，我以病且又值困倦不得插嘴；因說些別的話，所謂「冬話」是也。

1977年5月13日，風雨中於北京彌齋

我對現代詩的感受

朱英誕

蔡普門（A.chepman）在〈詩與經驗〉裏，「嚴格的把真詩和辭藻（rhetorics）分開，他認為「有些作品若使用散文來寫，也不會失掉什麼妙處」；「而真詩是絕對不能用散文來代替的。（這裏散文指藝術形式。）這是我最初接觸並接受了的一種現代詩的理論，它給我很大的啟發。因之，我聯想到「晚唐詩」，尤其是李商隱的〈無題〉之類的詩，是足供我們借鑒的。這類詩其實質說它的珠玉在前，是不錯的，因之它很難得，令人有「作詩火急追亡逋，情景一失後難摹」之感。

但，同時現代詩又普遍的有一種趨勢，即擺脫韻律的羈絆，換一句話說，詩是可以用散文來寫的，以散文寫詩是現代詩的特色。（這裏，散文指藝術所用的材料。與上述散文是兩個概念。）max gastman 厥性好罵，他給「自由詩」起了一個綽號曰「懶詩」！然而，他不知道：「將急於情物，而緩於章句。」（〈陸厥答沈約書〉）正是詩的本質的自動要求，從而使詩自內容到形式，有了表裏一致的關係。散文，難道是瓦礫嗎？不，真詩以內在勝，它不需要外面附加的裝飾（辭藻）。上述一、散文與詩要嚴格分開，二、以散文來寫詩，這兩件事就是現代詩的全部要求。如果這兩者都作到了，那就是很大的成就了。如果以二十七年（前十年與後十年）計，那末，我們能有什麼可以誇口的呢？

1977年9月16日，於北京禮寒山齋。

注：自1919年至1929年為前十年。1930年至1937年為後七年。

我寫第一首詩的緣起

朱青榆

我默默走上一座小樓，當我走上樓梯，主人[1]正在北窗下伏案翻動文卷，彼此都沒有打招呼，但稍過，即直率地告訴我說，我的一篇關於白香山的論文比他的同一題目的一篇寫得好，所以他要從這一期的校刊上抽換了。……我已經記不清我說了什麼話，或者不如說我記得我並沒有說任何話，就這樣，我的第一篇評論文字發表了。但是從此便也永遠結束了。這早熟的文學上的「偏執狂」。這是一九二八年春天的事。五十年的光陰翩飛過去，前塵如夢，但也許不過是剛剛蠕動著的半夢吧？

主人是一個深情的青年人，應該不過三十歲吧？他說過關於發表一事，然後拈起一張紙片遞到我手裏，上面是附有英文的譯詩：「汝蒔種子，人反收之；汝尋財富，人反有之；汝織衣裳，他人曳之；汝鑄兵器，他人挾之」。這是誰的詩呀！——過了好久，我讀到A kollez著文論罷工所引，才知道這是著名的P.sheley〈贈英人〉，原詩共六節，這是末二節。

同時，也是那令我無窮追念的引導，發表了〈雪中跋涉〉——我的一首短詩。這卻是一首為我取得「收穫」的種子。

不過，我多寫詩，要待三年後，即一九三二年夏回北京才開始。那末，上述二三瑣事要算是我的史前史了。但是，那座為沉默

[1] 小樓主人指的是朱英誕的中學國文老師李再雲。

所籠罩的小樓，樓居者和稚拙的過客，……一切都含蘊的告訴人們，黎明裹羼著黑暗的香味，「人間無正味，美好出艱難」。

附錄二　關於朱英誕

林庚同朱英誕的新詩

廢名

林庚的詩早在我的意中，我早已喜歡他那一份美麗。他從前曾同我談舊詩，他說有許多詩只是一句好，也本只有一句詩，其餘的都是不能不加上去的罷了，因為不加上去便不能成一首詩，而實在只有一句詩。他舉了杜甫的「花近高樓傷客心」做例子，又舉了杜甫的「玉露凋傷楓樹林」。另外他又讚美李商隱的「滄海月明珠有淚」一句。我很佩服他的話。而實在我也很喜歡他的詩了。他這一句詩的話，如他所舉的例子，很足以說明他自己的詩品了。真的，我讀了他的詩，總有一種「滄海月明」之感，「玉露凋傷」之感了。我愛這份美麗。所以此回我預備重寫新詩講義的時候，林庚認為是毫不成問題的，一定不令我費力，我可以很容易的選好些首了。他雖然有四本集子，我又毫不遲疑的只要他的《春野與窗》。孰知我講完卞之琳之後，要動手講林庚，把《春野與窗》看了又看，結果只能選四首，大出乎我的意外，我本意決不以為只會選四首了。卞之琳乃選了十一首。在二十六年我同他們兩位分別的時候，卞詩我只記得一首〈道旁〉，林詩則不特意的記那一首，因為決不只一首了，何必記呢？那麼，照我現在看來，林庚的詩不好了嗎？不然，他的詩，在我的眼中，一點沒有失卻美麗，就詩的完全性說，恐怕只有這四首詩了。本來讀古今人的詩，並不一定要看他的完全，不完全的詩或者還更有可愛處，但我的工作卻不容許我氾濫的愛好了。我選的林庚的這四首詩，卻都能見其美麗，這是我差自告慰的。另外我將朱英誕的詩附在講林庚這一章裏頭，在我卻是有深意存焉。我並不是說林庚的分量不夠，要拉一個人來合力才足以與人抗衡。在新詩當中，林庚的分量或者比任何人重些，因為他完全與西洋文學不相干，而在新詩裏很自然的，同時也是突然的，來一份晚唐的美麗了。而朱英誕也與西洋文學不相干，在新詩當中他等於南宋的詞。這不是很有意義的事嗎？這不但證明新詩是真正的新文學，而中國文學史上本來向有真正的新文學。如果不明白這一點，是不懂文學了。亦不足以談新文學。真正的中國新文學，並不一定要受西洋文學的影響的。林朱二君的詩便算是證明。他們的詩比我們的更新，而且更是中國的了。這是我將他們兩人合講的原故。此外還有道義的關係，朱君是林君的學生，他又總說他是我的學生，雖不是事實，我卻有情，他作詩時年齡甚青，我將他同林老師合講，是表示我對於後生總有無限的希望，不必專列一章，那樣便反而沒有進步的意思。朱英誕的詩比林庚的詩還要選的多，也並不是說青出於藍，藍本身就是他自己的美麗，好比天的藍色，誰能勝過呢？現在說來，我同他們兩位好像很熟似的，當然很熟，但熟是從不熟來的，我同他們本沒有一點關係，並不如之琳尚有北大同學關係，我與林朱的關係是新詩罷了。我一讀了他們的詩就很喜歡，這真是很古的一句話，「樂莫樂兮新相知」了。中國的文壇卻也是應該害羞的，因為專講勢力，不懂得價值，林朱二君的詩都是自己花錢出版的，朱君的集子恐怕沒有人知道。此外程鶴西有一本薄薄的散文集，是真正的新文學，幾位詩人都愛好，都是二十六年前的事，到現在無處出版，所以「不薄今人愛古人」，這句話也很不容易了。我這話卻講到題外去了。

下面是我選的林庚的四首詩。

大風之夕

風在冬夜是格外緊的
風中的旅行者啊
昨夜的路上我們趕著走著
追上前面一個相識的人了

暮

屋頂的炊煙散入四方
夜欲收拾零亂的村舍
家家的雙扉深閉上
模糊中路上的行人
漸漸踏上了熟識的路
履聲傳到遠處
招來一個同樣的人了
履聲從對面走來

〈大風之夕〉與〈暮〉這兩首詩我從前初讀時便很喜歡，詩的意思很明白，很像初期的新詩，但初期的新詩決沒有這裏的清新。我喜歡這裏面的詩人的哀愁，其哀愁總不以題目裏的事實為止，總另外見詩人的性靈。這是這種詩所以清新之故。若初期時則是渾樸的。今天因為選詩的緣故，選了〈大風之夕〉，照抄下來，覺得無須加解釋，再抄〈暮〉，抄了兩首詩之後，乃覺得兩首詩原來是一個性靈，難怪我們讀著覺其完全了。新詩之必有詩的完全性而後能成為好詩，確乎是顛撲不破的事實。在我拿著詩集選定這兩首詩的時候，只覺得詩好，並沒有注意到兩首詩都是「路上」的詩情，但是作者自己一定也不能留心到了。我說這話，是表示我的詩選的工作確乎是切實的。

滬之雨夜

來在滬上的雨夜裏
聽街上汽車逝過
簷間的雨漏乃如高山流水
打著柄杭州的油傘出去吧

雨中濕了一片柏油路
巷中樓上有人拉南胡
是一曲似不關心的幽怨
孟姜女尋夫到長城

這首詩真是寫得太好，我很早就向作者表示我的讚美的。它真是寫得太自然，太真切，因之最見作者的性情了。凡屬詩，當然都是見性情的，難得想像之不可抑制，而眼前的現實都是詩人的性情，而詩人無心於悲哀，倒是倔強於自己的一份美麗，結果是這份美麗彈其知音之曲了，所以我們讀之喜歡它的哀音。凡是美麗都是附帶著哀音的，這又是一份哲學，我們所不可不知的。這話說得太玄了，我們還是具體的講這首詩罷。林庚是福建人，但他是不是生長在福建我還不知道，他是在北平長大的確是知道的，凡屬南方人而住在北方沙漠上，最羨慕江南，江南對於他們真是太美麗了，無論在他們的想像中，或者有一天他們到江南去了。所以林庚的〈江南〉有云：「滿天的空闊照著古人的心，江南如畫了。」江南真不知從什麼時候起便是「暮春三月，江南草長」那麼可愛了。林庚到江南去的詩都是「滿天空闊照著古人的心」的詩，而作者又是現代的摩登少年，故詩都寫得很有趣，而以〈滬之雨夜〉為一篇神品，也寫得最完全。詩是寫實，「來在滬上的雨夜裏，聽街上汽車逝過」，上海街頭的汽車對於沙漠上的來客一點也不顯得它的現代勢力了，只彷彿是夜裏想像的急馳的聲音，故高山流水乃在簷間的雨漏，那麼「打柄杭州的油傘出去吧」也無異於到了杭州，西湖的雨景必已給詩人的想像撐開了，這兩句詩來得非常之快，但只是作詩的一點萌芽。到了「雨中濕了一片柏油路，巷中樓上有人拉南胡，是一曲似不關心的幽怨，孟姜女尋夫到長城」，則詩已完全了，並不是寫完全了，本來沒有寫的，要寫也不過是這四句。

這確是同陶淵明「採菊東籬下，悠然見南山」一樣是寫實的，同時也沒有另外的抒情文法了。我告訴諸君，這種詩都是很不容易有的，要作者的境界高，局促於生活的人便不能望見南山，在上海街上忙著走路的人便聽不見一曲似不關心的幽怨，若聽見也不過是販夫走卒聽見樓上有人拉胡琴而已，詩人則是高山流水，林庚一定在北方看見過萬里長城，故在上海的夜裏聽見孟姜女尋夫到長城的曲子憧憬於「孟姜女尋夫到長城」了。李白詩「黃鶴樓中吹玉笛，江城五月落梅花」，大約也是寫實，但還不及林庚，愛得自然，來得氣象萬千。王之渙詩「羌笛何須怨楊柳，春風不度玉門關」，大約只是想像，故又不及林庚的新詩的沉著了。讀者以為我把新詩捧得太高否？我還告訴諸君一件事，卞之琳的〈雨同我〉所寫的或者也是〈滬之雨夜〉，這兩首詩最能表現兩個作者不同，而同是詩人，目中無現代的上海，而在上海的夜裏各自寫出那樣的在中國文學史上占地位的新文學的新詩了。我這個判斷長的可笑沒，但我喜歡它有意思。卞詩確乎像《花間集》卷首的詞，林詩確乎像玉溪生的詩，若二者不可得兼，問兩首詩我取那一首，我還是取林庚的〈滬之雨夜〉，因為它來得快點，再說我同卞之琳是一派，我總覺得文章是別派的好。

無題

一盆清麗的臉水
映著天宇的白雲萬物
我俯下去洗臉了
肥皂泡沫浮滿了灰藍色的盆
在一個清晨或一個傍晚
光漸變得微弱了的時候
我穿的盥衣是一件國貨
華麗的鑲邊與長穗的帶子
一塊湖濱新買來的面帕
漂在水上如白淨的船篷
於是我想著一件似乎很悵惘的事
在把一盆臉水通通的倒完時

林庚的詩有兩首〈無題〉，我選了這第一首。這首詩很見作者的豪放，但一點也不顯得誇大，因為他的豪放是美麗，是幻想，都是自己的私事，旁人連懂也不懂得，何至於誇大呢？溫飛卿的詞每每是這種寫法，由梳洗的私事說到天宇的白雲萬物了，不過溫詞是約束，林庚的詩確是豪放。「於是我想著一件似乎很悵惘的事，在把一盆臉水通通的倒完時」，這種感情我最能瞭解，我從前寫小說常有這種感情，林庚以之寫詩來得非常之響亮，彷彿一盆臉水通通倒完了，豪放得很。而倒出去的都是是詩人之幻想，所以美麗得很。這所謂「很悵惘的事」，一定是關於女子的事，故詩題作〈無題〉。

下面是我選的朱英誕的詩，從他的詩集《無題之秋》裏面選出來的，共選了十二首。為什麼選這麼多呢？當然由於愛惜這些詩思，而且歎息古今的人才真是一般的，讀了朱君的詩，或者一個句子，或者用的一個字，不像南宋詞人的聰明麼？此外我還有一點懇切的意思。附志於此，說到南宋詞人，則其為人也已經是限於慧業文人了，徒徒令我愛好，而他自己卻是可惜的，我覺得我們總應該做伯夷柳下惠，要特立獨行，用陶淵明的話是「不學狂馳子，直在百年中！」我這話或者有點過分，正如廚子做了好菜給我們吃而我們還要求廚子的道德，不苛刻了嗎？不然，詩人是我的朋友，故我們是應該相尚以道的。

冬室

冬室度過的日子
鞋子走在鋪地的蘆席上
除了窗的半面
四壁別無響動的
窗上度過北地的沙風
挾著遠近的寒光
在冷漠的各家牆頭
與家室的同感

我很喜歡「在冷漠的各家牆頭」的「各家」二字，以及「與家室的同感」的「同感」二字。家室確是同感，牆頭確是各家，在冷漠的冬日裏。我佩服這個少年人善感，而且很別致地寫得出來。

紅日

人間隱隱一聲雞
驀地唱出紅日來
更分明的顏色
各方的眼界。
歸鴉若有遠方的逃避
紅日乃茫然而沒落了
一個默然的追求
誰將成夢呢。

首四行當然是寫旭日，「驀地唱出紅日來」的「唱」字可愛。但我喜歡第二個四行的寫落日，夠得上偉大的詩思。「歸鴉若有遠方的逃避」真寫得像，是厭世詩人的美麗，嚴肅得很，而緊接著「紅日乃茫然而沒落了」乃更不可及，彷彿紅日的沒落是附和著歸鴉的逃避了。讀者試想這個歸鴉的顏色與那個紅日的顏色，這時的天空該是怎樣的分明，誰知是一個逃避呢？在緊接著「一個默然的追求，誰將成夢呢」乃更不可及，紅日的沒落真是默然的追求，那麼誰將成夢呢？我們誰都應該替落日時的默然作一個追求的夢似的。

雷之前後

亮雲下若靜室的幸福
普天之下無所獻
夜來暖意暗暗
月乃無處投宿
無葉樹開出花來
冬來才有的敦厚之路啊
門外朝行人的足跡
與人以薄命之感

這種詩真刻畫得可愛，刻畫而令人不覺其巧，只覺其天真。比南宋人的詞要天真多了，可愛多了。「敦厚之路」，「薄命之感」，正是南宋詞的巧處，但我們為朱君的修辭之誠所籠罩了。

春及

兩列樹的一點天色裏
潮潮的道上靜靜的
乃是我要走的路了嗎
是誰的履痕且淺淺的呢
石頭轉出另一條路來
遠遠的籠護著戴紅帽的人
獨自走得極慢。

「兩列樹的一點天色裏」，這都是刻畫，但仍有其親切之感，所以我們讀著只覺其生動了。

海

海是常有風浪孤舟的嗎
巨濤是為了什麼呢
珊瑚島上有真珠
深深的
多年的水銀黯了
自歎不是鮫人
海水於我如鏡子
沒有了主人

這些思想也都很可愛，因為相傳鮫人住在海裏，那麼海是鮫人的了，自己不是鮫人，那麼「海水於我如鏡子沒有了住人」。想起海來海像一個鏡子，想起海來海像一個鏡子沒有主人。說沒有主人，天真的思想正有主人的境界了，是很可喜的。「多年的水銀黯了」，「銀黯」二字用得很好。

畫

我願意我的生命如一張白紙
如聖處女有他青青的天堂
日出的顏色追回昨晚落霞之夢
遊子乃他鄉的點綴

故里的情形將又是一番
溫柔的睡去之後
明朝將是另一個宇宙
我想我將照太陽照出顏色來。

我最喜歡思想都是各人自己的，而真是各人自己的思想亦必是大家公共的，即所謂個性與普遍。這首詩「遊子乃他鄉的點綴，故里的情形將又是一番」，真是作者自己的思想，令我十分愛好，我彷彿做夢也夢不著這兩句話，這兩句話又彷彿正是我追求的夢境了，美麗得很。我們平常總是夢見故里，其實故里的情形又是一番，我們乃是在他鄉的紙上畫一張畫罷了。「明朝將是另一個宇宙，我想我將照太陽照出顏色來」，這個句子是真巧，思想也是真好。

少年行

如春花與秋月
珍藏著一半的生命
夢與夜
找不著的此外之行蹤
像池花臺上的空間
停眸與駐足
在一張圖畫裏
那定形的風跡呢

這首詩真是美麗得很，它的意義，也真是神秘得很，恐怕也具體的很，令我不敢贊一辭。大凡讀者覺得很神秘的詩，作者一定是很具體的，從用的比喻便可以看得出。春花與秋月，我們都覺得它可惜似的，彷彿它只露出了一半的生命，那一半給藏起來了，其實是完全的，你到那裏去找那一半呢？夢與夜都找不著此外之行蹤。夢是春花與秋月的夢，沒有另外的行蹤；夜是春花與秋月的夜，沒有另外的行蹤。若池花臺上的空間，大家停眸與駐足，都是看它，但卻還有另外水上的風跡哩。我這番話不知能說得作者的神韻於萬一否？此詩大約是詠秋心的。秋心死時俞平伯曾集夢窗詞句「正十分皓月一半春光」挽他。

落花

走在無人之境裏，
似過去前面就是座桃源；
一朵落花有影子閃下，
那翩翩的一閃，
覺出無聲與無言；
彷彿落了滿地的後悔，
尋不見一處回避的地方
與水面的不自然。

這首詩寫落花真是寫得神，尤其是最後的「彷彿落了滿地的後悔，尋不見一處回避的地方與水面的不自然」，可以說是前無古人，在古人的詩與文裏都沒有的。落花落在地上，彷彿真是落了滿地的後悔。落花真是尋不見一處回避的地方。落花與水面也真是沒有一點不自然的地方，所謂落花流水也。

往下的四首方塊詩是我選得好玩的。那時林庚試著寫他的方塊詩，朱君繼之。林庚的理想甚好，但事實不可能，他要造成一種規律而可以自由歌詠，不必靠詩人的意境，此事連舊詩都做不到，何況新詩呢？故林庚的方塊詩都失敗了，即是自由歌詠不出來。朱英誕的方塊詩仍等於不方塊詩，靠詩人的意境，只是作者聰明會寫文章，能寫出一個方塊的樣子罷了。是作者幫助方塊，並不是方塊幫助作者，正如我們作文造句有時歐化得有趣而已。

過燕大

朱漆的門柱與古意的廊簷
是誰的幸福在友人的窗前
那同樣的天卻各自成一處
越野的一處多蝴蝶的林園

這首詩我覺得可愛。第二行「是誰的幸福在友人的窗前」首五個字不可解，但我亦不求甚解，彷彿就這樣讀讀可以，可以引起許多憧憬似的。究竟什麼叫做「是誰的幸福」在友人的窗前呢？今天我忽然大悟，大約是有一好看的女子「在友人的窗前」，故年青的詩人那麼寫，不過我這話太冒險了。

長夏小品一

輕雷馳過後的半個黃昏天與流汗的臉
落下來的蜂窠傘下的竹竿丁香的樹前
孩子的狂歡裏汗意與胭脂一片的聲色
雨後的小巷風納涼人說著天上的留戀

我很喜歡這首詩裏面「傘下的竹竿」一詞，比庾信的「一寸二寸之魚，三竿兩竿之竹」還要引起我的歡喜，我真不知何故。我只知道這是南宋詞的巧妙，大約傘是最集中詩人的想像的，何況南邊人到北方來打傘，何況在這裏不見竹子，故傘下的竹竿如池魚思故淵也。

長夏小品四

熱情時的林下找不著的風找不著寧靜
塔上小小的人樹外的樓臺高高的心情
水邊的細道上林隙的小景淺淺的顏色
輕輕的深呼吸不見有人來遠遠的語聲

這首詩大概是少年人在北海行深呼吸寫所見。我所以選者，是喜歡「塔上小小的人樹外的樓臺高高的心情」。作者有時真是高高的心情也。

破曉

破曉時我醒來想著夢仍枕著枕上的溫淚痕
無力的傷心裏又睡去在一個素豔的清早晨
飛來的群鴉之朝氣中招來了似生命的原始
那赤日如一團的嚴峻呈現了人間的色與聲

這首詩我喜歡第三行的「朝氣」與第四行那赤日如一團的「嚴峻」。寫至此我言有盡而意無窮，願與朱君再見。

少年時代的朱英誕

何炳棣

詩人朱仁健（英誕的原名）在我生平記憶之中永遠佔有極特殊的地位。他有如一隻春蠶一生嘔心吐盡的絲已織成三千首以上別具風格的詩，這是值得慶幸的。在他生命最後幾周應妻女敦促所趕撰的自傳之中，對童、少年的追憶，既失之過簡，對年代記憶略有出入。作為他唯一的總角之交，我有義務，也有特權對他的童、少年作點彌補和校正的工作。

仁健於一九一三年（癸丑）四月初十（農曆）生於天津，長我整整四歲。我們兩家住得很近，又是附近僅有的「南方人」。他祖母程太夫人是我外祖母的親密麻將牌友，她每週來我家二、三次，很喜歡我家的晚飯。我究竟幾歲才開始和仁健玩已經追憶不出了，只記得最初外祖母曾囑咐過我：「小牛哥（仁健屬牛，小名小牛。）一定會跟你玩得很好的，不過他有時會發『牛性』，你不去頂他就沒事了。」說也奇怪，自始他從不對我發「牛性」。我恐怕至早要到七、八歲才勉強跟他玩得上，因為我倆之間體力、智力的差距實在太大，雖然我的身材遠較同齡男童高大。朱家所有的大人對我都極好，原因之一是有了我，仁健就不再跑出去和「野孩子」們玩了。回想起來，在我整個童、少年我和他的關係一直是不均衡的：總是他給的多，得的少；我得的多能給的少。妙在我倆從未有過得失的想法。

由於先父四十七歲才有了我這個獨子，所以我正式入學校較晚。一九二五年我已八歲，不能再不入小學了。仁健力勸我進他的學校——「直指庵」小學。他說校規嚴、教師好、學生水平高，又在河北公署區，回家不算遠，來回更可彼此作伴。幾天之後先父對我一人嚴肅地說：「男孩子不可以有依賴性。」因此先父決定送我去天津私立第一小學，這學校最初也是嚴孫（南開中學最初的校董）辦的，校址在天津已毀舊城東門之北的經司胡同，我插班三年級。先父為我包了一部人力車，每天一接一送，中午另外送飯。先父的決定最足反映最初我對仁健的依賴程度。

一年之後我跳到五年級。仁健由於頸部淋巴腺結核曾一再休學，因此我們同時進入六年級。一九二八年初盛傳天津市要舉行小學畢業會考，因此整個春季，級主任老師天天領導準備會考。國文方面，五年級已讀過的半部《孟子》和《古文觀止》幾篇裏較難的詞句都相當徹底地溫習了一遍。至今記憶猶新的是國史溫習問題之一：為什麼宋明兩代亡國之際死難之士特別多。全班沉默幾秒鐘後，我舉手試答：由於朱熹和王陽明的影響。老師點頭，不再引申。這年春天仁健每次見我都說「直指庵」一定會第一，「私立第一」一定是第二名亞軍。我不服氣，一再地說到時候再看吧。記憶所及，這是我童、少年時代和仁健唯一的「爭辯」，是為了熱愛學校而爭，不是個人之間之爭。妙在這時直奉關係緊張，天津市臨時取消了會考，仁健和我夏間一同投考南開中學。由於我們同時報名，考場裏我坐在仁健的前頭。考試一切都相當順利，最後考的是算術。我還有一題會算尚未算，時間也還相當充足，仁健忽然捅了我後腰一下，輕輕地問我某題怎樣做。我半回頭叫他小心不要出聲，不料恰恰被監考人看見，他抓了我的卷。這一下我就哭出來了。這位監考人我事後才知道是齋務股主任，問我：「看你個頭很大，臉卻顯得年紀跟小，你究竟幾歲了？」我說：「十二歲」（照老習慣陰曆多一歲）。他說：「既然這樣小，卷子就不作廢了，可是你得馬上出去，題目不能再做了。」在場外等仁健的時候，我已恢復了鎮靜。他出場正要提起抓卷，我說不必提了，對任何人有不要提；卷子如果不作廢，應該會考取。一周之後，結果是皆大歡喜，投考一千多人中，仁健考中第九名，我第十三名，同被分配到一年級尖子的第一組。

從入小學到初中這一段我對仁健的回憶比較清楚。這期間我們兩家像有點默契似的，在假期和學年中的週末，仁健祖母在我家打牌的日子，我十九必去朱家大玩大耍，特別是跟仁健學習京劇舞臺上的對打，包括「打出手」。最使我不解的是仁健唱、打、胡琴等等似乎件件無師自通。在初中時他自拉自唱，嗓音清亮之中略帶一兩分「沙啞」，那十分夠味的潭派腔調，至今音猶在耳。他從不強迫我學唱，只在不知不覺之中引我刀槍練到勉強能與他對打的程度為止。我家的廚子非常能幹，武清縣人，他無窮無盡的梨園掌故引起仁健極大的興趣。他曾提到富連成最初以金錢豹出名的是裘雲亭，裘的絕技是「懷中抱月」：赤膊把又響又亮的鋼叉抱在雙臂之中，不斷地做垂直圓周旋轉而不落地。繼裘長期叫座的武戲之一是何連濤（飾豹），駱連翔（飾猴）的金錢豹。特點之一：猴先上場，豹緊隨之，猴跑向對角矮屋，豹把鋼叉在臺上猛跺兩下，聲驚四座之際，立即將叉向桌子投擲，猴高高跳起，空中雙手接叉的同時，以背平摔在桌面之上，全部動作十分緊湊。沒幾天仁健一定要練，主動扮難度大的孫悟空。當他從正房中間的廳跑向右室右上角祖母的床，接槍在手（代替叉），同時摔在床上「啪嚓」作響之時，正值管家張媽來上房取東西。她不禁大叫一聲：「牛少爺，瞧你這個壞呀，誠……壞了！」（純滄州音）三人馬上檢查，床的底屜居然沒斷。沒有少年時代自練的基本功，仁健怎能在四十年代末與開灤煤礦工會職工合演蘆花蕩，扮演張飛，唱、做、武打博得觀眾的熱烈歡迎呢？

仁健童、少年時代雖患淋巴腺結核但身體非常靈敏，各種運動都很出色。南開中學體育水準極高。威震遠東的南開五虎將是中學的籃球隊員，五人全是一九三二年畢業的：唐寶堃、魏蓬雲（兩前鋒）、劉建常（中鋒）、王錫良、李國琛（兩後衛）。田徑方面按年齡、身高、體重分甲、乙、丙組，仁健和我都是丙組。甲組各項的成績很接近全國記錄，事實上高班同學中有幾位是全國記錄的創造者。即使丙組的記錄也相當可觀。仁健的短跑在丙組中平時是遙遙領先的，可惜決賽時因不習慣穿釘鞋，未及終場絆倒在地，並震破頸部淋巴創口，鮮血淋漓。體育老師湖南人文大鬍子竟以碘酒塗傷口，燒得仁健叫痛不止。文反而責他：「誰讓你跌跤的呢？」仁健不但因此休學，而且自此「棄武從文」了。他和我同校同班還不滿一年，這是一九二九年春天的事。他休學在家自修大約兩年，一九三一年夏以高分考進天津彙文高中一年級，翌年（一九三二年）朱家就搬到北平去了。

文學方面，仁健自幼即才華不凡。他為人內向，極其含蓄，從不誇耀，他在直指庵小學，文言和白話的作文經常被選，貼校牆上陳列示範。我家老少都知道朱家累世仕宦，祖籍婺源，寄籍如皋，確是朱熹的後代，可是無人知道仁健父親紹谷先生早歲詩才洋溢，有神童之譽。仁健經常到我家陪聽古史，但從未曾邀我去聽他們父子解誦詩詞。這或許是由於先父曾當仁健面談到我的長期課業計畫：當親老家衰不久即將成為事實的情勢下，我只有竭盡全力準備兩個考試，先求考進清華，再進而爭取庚款留美。這正說明何以仁健對「先天註定」投身於新科舉的我，從不卑視為庸俗功利；相反地，他是唯一能洞悉，即使童、少年的我一時會玩得昏天昏地連數學習題都不肯做，我的心靈深處仍然永存著一種陰霾。

從南開一年級下學期尚未結束即「分手」後，仁健和我過從不如以前親密了。但這反而增強了我倆之間終身不渝的友情。他知道我非走他不屑一走的途徑不可，我知道他必然會逐步走向文學創造的道路。儘管我在三十年代一再坦白地向他招供我根本不懂新詩，他也從不以為怪。因為一方面他懂得詩的教育是我課業超常繁重的童、少年時代所無法享受的「奢侈品」；一方面相信我從不懷疑他對純文學和詩的天賦與潛力。一九三九年八月下旬，我赴昆明就任母校清華歷史系助教前夕與他話別之時，他肯定明瞭我必會把他此後積累的新詩創作認為是我的驕傲；我也堅信我此後在學術上如真能有點成就，也將是他生平引以為快的事。不期這次竟是他和我最後一次的話別！

最後我要向讀者一提的是仁健自幼即非常含蓄。這或與他七歲喪失母愛不無關係。詩的語言本來就是最濃縮的語言，再加上仁健含蓄的性格，這就可以部分地說明何以有些讀者對他的若干首詩不免有「晦澀」之感了。但我深信，總的來說，仁健的詩是符合詩的普遍和永恆的要求的：「真」與「美」。只有「真」與「美」的東西才會傳世。

1993年4月5日撰就，4月7日寄出。

於美國南加州鄂宛市鼍岩村寓所。

關於詩人朱英誕

陳萃芬口述　陳均撰寫

一、少年時代的朱英誕

少年時代的朱英誕，我還真不知道。我當時不在天津住，我在北京，後來都是聽英誕他說的。何炳棣寫了四篇文章，寫兩個人玩的情況，這些事情英誕自己都沒說。我編《冬葉冬花集》的時候，給附進去了。可惜那本詩選，我忘了把英誕的生平加進去。

英誕和何炳棣兩人小學就是同學，初中上的是南開中學，一塊兒考試，考試還作了弊，兩人答題的時候，英誕在後面捅他，問會不會，被老師看見了，也沒懲罰他，因為也沒真正抄襲什麼，後來兩人都錄取了。英誕有病，瘰鬁，實際上就是腮腺炎，得了好幾年。上體育課的時候，他摔了一跤，何炳棣說，老師不但不怎麼樣，還罵他，叫他起來，結果摔破了，瘰鬁、也就是腮腺炎破了，流水，上醫院裏治。一直到他差不多十幾歲以後，這個病才慢慢的好。怎麼好的呢？他老說是奇跡，在天津有一個藥房，有這種病的人可以治好，發藏藥，小包的，一包一包的藥，給老百姓。給了他一包。他得到一包藥，專門治這種病的，吃了以後就好了。從那以後就好了，沒怎麼犯吧，徹底好了。遇到這麼一件事情，他說過也寫過這件事情，這挺難得的，因為這病不好治，後來就徹底好了。他老覺得這是一件神奇的事情，老說這個事情，給我的印象很深的。

何炳棣一直在南開讀下去了，英誕讀了一年，由於摔跟頭，瘰鬁破了，就休學在家自學，三年以後，他考高中，考上天津彙文中學，也是相當好的教會學校。當時教他們英語的都是英國老太太，所以他的英語好，而且英語發音好，讀得特別好聽。

原來他們家在天津，離塘沽不遠，他那時老跟門口的小孩玩，他家裏怕這個，就說人家是野孩子，咱們就在家裏，好孩子，管教的孩子，說好孩子不能跟野孩子玩。可他呢，就愛跟野孩子玩，上天津的郊外跑，玩得挺晚了才回來。家裏不知道他到哪兒去了。那時家裏管得都還很嚴，不讓孩子到外邊去，有這個經歷。

英誕最早的一首詩是1928年寫的，叫〈雪夜跋涉〉，後來他自己發現了，把它抄了下來。他寫詩的影響是從他祖母開始的，他的祖母挺有文化，他的父親是做舊詩的，詩做得相當好——何炳棣說，我怎麼不知道啊。那時他們住得挺近的——何炳棣的父親是學歷史的，給他們補習歷史。英誕的祖母有文化，陰天、下雨，就在家裏背詩，在屋子裏背詩，背什麼詩啊，背唐詩，背白居易的著名的〈琵琶行〉，這件事情影響英誕挺深的，他老聽奶奶念詩，影響了他的興趣。他知道有白居易，就把白居易的詩都找來，自己看，自己學習，他自己用功。從白居易開始，他就把東西找來，自己念，自己學。

二、寫詩，結識李白鳳、林庚和廢名

1932年，他從天津到北京來，那時北京的學校很多，而且有名、比較好。他們家全遷來了，就住在西城。先在宏達中學補習，後來考的是民國學院，不是名牌大學。因為民國學院離他家近，而且是私立的，好考，他就考到那兒了。林庚是他的語文老師，對他寫新詩影響很大。新詩當時挺發達的，報紙上雜誌上都有介紹，他跟他的一個同學李白鳳都寫詩。

他寫詩挺努力的，每一首詩，就給林庚看。林庚看了以後，有覺得好的，就留下來發表。這樣，他就開始寫詩、發表詩了，所以林庚說，他每一首詩我都看過。他每寫一首詩，就到林庚家去。林庚家就住現在的西城區豐盛胡同，林庚的夫人那時教志誠中學，就是現在的35中，教生物的，林庚的夫人跟他都挺熟的。

英誕和李白鳳一塊兒作詩，李白鳳這人挺有天份的，但這人不好，他後來跑上海去了，在上海，和那些國民黨的人在一起，再後來通信就很少了。有一段時間，李白鳳到山西大學教書去了，也教新文學。但是這人呢，特別的浮，特別的浮誇，浮誇極了。他當了教授，教大學，穿著什麼馬褂啊，穿的什麼背心啊，今不今、古不古的，就是覺得，我是大學教師，挺拿一手的。另外一個朋友到我們家，就說起他來，說他在山西大學的表現非常不好，挺自以為是的這麼一個人。倒挺有才華的，有才華但是走的路子不是很正的，不是在那兒創作的，就是好出名，出點風頭。後來，來往就少了。忽然他到北京來，在我們家住著，到北京來找工作了。英誕就給他跑，在北京找一些老朋友，比如韓綱羽，在北京最有名的師大女附中教課，是很有成績的，挺有名的教師。韓綱羽給李白鳳介紹到師大女附中，以後我就不知道他到哪兒去了。我記不得了。這人好吹，後來《新文學史料》上，他愛人給他寫的稿子，介紹李白鳳，說是「京師大學堂畢業」，我說他啥時候上過京師大學堂、上過北大啊，就是民國學院，還沒畢業就走了。不是這麼回事。

後來英誕在北京教課，好多中學請他，他後來在39中，就是貝滿，他是挺實在的那麼一個人，北京那時候地下黨挺厲害的，我在女一中，有一個老師被捕，左傾，國民黨那時候挺凶的，他們左派的老師，韓綱羽是頭兒，他們到中南海去開了一個會，那時中南海也是一個公園——北海公園、中南海公園，遊人隨便進，不像現在改成政府了。挺大的園子，大家都去玩了，韓綱羽組織北京的老師開了一個會，怎樣救這個老師。這個老師的名字我忘了，還是我教書的學校的。

寫著寫著，林庚就說英誕寫詩看不懂了，怎麼回事啊，就把他的詩拿給廢名看，說看看這詩怎麼樣，廢名那時還不認識英誕呢。廢名一看，這詩寫得太好了，他喜歡，從那時起，他就認識廢名了，廢名就是他老師了，有詩也到那兒去談，關於寫詩的事也去找，廢名開課的時候要選詩啊，英誕幫他一塊兒選詩。英誕談過，說選詩的時候，關於徐志摩的詩，廢名選了，英誕把它拿下去，後來廢名沒選徐志摩。胡適和廢名同時講詩，兩人開一樣的課，但教的課不同，聽課的人也不同。廢名就沒講徐志摩的詩。他們都是從《嘗試集》開始，但是選的詩不一樣。他們都能提出自己的看法，堅持自己的意見，這一點在新詩壇還挺有意思的。

他總是看廢名去，他們倆特別說得來。廢名住北河沿12號，英誕家在西單，吃完飯沒什麼事，就從家走到北河沿，去看廢名。有一次去的時候不在家。最初見到他時，廢名還說，你做一首詩得了。他說，我在門外想著一首詩，已經做好了。廢名老約他，上中山公園聊天，談詩，選詩。

七七事變以後，好多老師都走了，南下，林庚也走了，到廈門大學教書去了，廢名還沒想走，英誕就勸他回家，你有家還不趕緊走，回老家去，廢名的老家不是湖北黃梅嘛，廢名還不走，從宿舍裏搬了，搬到哪兒去了？有一天找他，不在了，聽說廢名搬到雍和宮，雍和宮裏有廢名一個老鄉，在那兒出家，廢名搬到和尚住的香房裏頭。英誕也去看過他好幾次，去了以後，英誕還是勸他，說你還是回家吧，現在挺亂的，亂世了，勸了以後，就回去了。

三、在偽北大講詩以及淪陷區文壇

七・七事變，廢名還沒走呢，那時候周作人當官了，沈啟无就給他推薦，讓朱英誕教新詩。沈啟无跟周作人很熟，是四大弟子之一，有一次在路上，就跟周作人提起來，說朱英誕現在需要工作了，給周作人介紹，「不是正好要成立新詩研究社，要開新文學課，裏面有新詩，是不是可以讓他來教書。」

那時學校剛成立，文學院有五個系，沈啟无是中文系主任，沈啟无非常穩，很能幹，講課大家也很喜歡，在學生中威信很高，很細緻的那麼一個人，對人也好，當時聲譽都在其他教授之上。

周作人不行，給大家作一次報告，誰愛聽他的呢？聽不懂他的話啊，都看他在那兒揉桌子，真是無味極了，誰也聽不懂，也不知道他說什麼。他也不怎麼去學校，不上課。做個報告，大夥說瞧瞧去，哎喲，真難受，真彆扭，不知道他說什麼。日本人就看他太太是日本人，就讓他出來工作，其實他這人工作能力也沒有，還當了教育督辦，靠底下人做事，他自己沒做什麼實際事。

關於周作人遇刺那件事，我們在學校裏說的是，沈啟无大年初一到周作人家拜年，結果挨了槍，是怎麼回事呢？周作人出來送客，送到門口，有兩個人衝周作人開槍，周作人趴地上了，我們這老師沈啟无，趴周作人身上了，保護他，結果沈啟无挨了兩槍，到現在子彈還在裏頭呢。周作人沒挨。別人寫的不對，這事現在人人說法都不一樣，當時我們上課，有時沈啟无還說笑話，說子彈還在他身上。因為周作人這幾個學生挺忠實的，後來我就不知道了。周作人把他給出了，我從學校出來了。我只知道他去《大楚報》，和日本人接近。後來，兩人感情徹底掰了，利益不一樣，周作人厲害著呢。

我們和沈啟无當時交往得挺密切的，沈啟无是我們的系主任嘛，我們上他們家裏頭，他夫人叫傅梅，他們也上我們家來，我們孩子一周歲，他們都來看，相處都挺好的。後來英誕和沈啟无有點隔閡，就為一首詩的問題，大概就是沈啟无上日本去，把詩帶過去，可那時他是以系裏的名義帶這首詩去，也就讓人以為是沈啟无的，好像得了什麼獎。英誕他不知道，沒跟他說，這好像有點嫌隙似的，其他都挺好。他也挺關照我們的。沈啟无辦《文學集刊》，做主編，請了兩個人做編輯，一個是李景慈，一個是朱英誕。

沈啟无後來在北京師範學院工作，我們聽報告去，一看沈先生來了，跟我們打了個招呼，說在師範學院教書，為什麼去師範學院呢？那時的北京市副市長劉仁，當初革命時期沈啟无幫助過他們。後來，沈先生沒工作，找劉仁去了，劉仁給他幫忙，進了師範學院。

系裏助教是李景慈，景慈挺活躍的，寫雜文，他是輔仁畢業的，愛人是富家的少奶奶，對人很有禮，挺有規矩的，一家人都挺好的。後來他當過北京出版社的社長，挺能幹的，很有名。南星寫得挺好的，本名叫杜文成，西語系的，他有一本小詩，我看過，他也挺能寫的，發過不少。

沈寶基非常熟，這個人很好，和我們是一牆之隔，我們老上他們家串門，他們也來，沈寶基這人是留法的，他愛人也是，非常好，特別樸實，和我們特好，我們第一個女孩，冬天生火，生爐子，孩子還不到一歲，擱在車裏頭，在那兒玩，英誕不會帶孩子，老看書，孩子一下子撲到爐子上了，把臉燙了一大塊，趕緊上醫院啦，怎麼辦呢，孩子哭，沒辦法，沈太太跑過來，一看，孩子燙得，怎麼辦？趕緊住院，哎呀，那時候哪有住院費呀，一般生活都挺緊迫的，沒有住院費怎麼辦？沈太太拿的錢，我記得交了一百多，沈先生、沈太太都非常熱心，我們的孩子住進人民醫院了。

因為院長是周作人嘛，他們經常到周作人家去，那會兒英誕去得最少，可是周作人發現他、把他請去以後，他有時也去，但去得最少，但周作人呢，發表文章，說朱英誕是「小友」，說他年輕、有才華、能寫，發表文章挺多的，詩歌發表得也挺多。

廢名那會兒不教課了，朱英誕接著教，講義是學校印的，講五四以來的新詩人，他在那兒講課，挺受歡迎的，一個大教室都擠滿了，學生、老師都去聽課，覺得挺新鮮的，好像是另一派似的，跟那些老先生不一樣。英誕挺能寫的，寫講稿，一天寫五六千字，還編了一本詩選《二十年集》。北大還有一個詩詞研究社，每禮拜活動一次，參加的人還挺多的，都搞文藝，挺正規的，不是亂七八糟的亂搞，寫詩啊，演劇啊。我上大一的時候，加入了新詩研究社，慢慢就和英誕熟了，我們寫東西給他看，他就說哪個人什麼派，他說我們是婉約派，那個人是什麼派……我也寫詩，發表在《中國文藝》，用的筆名「傳彩」，「夢中傳彩筆」嘛，那時大夥兒都寫，挺熱鬧的。組織家庭後，這方面就慢慢淡了，我就沒功夫寫了。

後來英誕不去周作人家了，跟我說，「我把他給得罪了」，怎麼回事呢？英誕寫了一篇文章，說周作人像一頭大象，這篇文章不知道怎麼被周作人看到了，把他給辭了，不在那兒教書了。我們搬到海淀，就是現在北大南門那兒，一進去就是一個廟，破廟變成了個自行車店。我們在那兒住了一兩年，不在北大教書了。

三十年代那會兒，雜誌上滿都是，《中國文藝》，好多雜誌上，都有英誕的文章，來約稿的人特別多。找英誕的人也很多，那時活動也挺頻繁的，北京的文人挺多的，報紙上、雜誌上，經常聚會，我們在北京的時候，常見他們。張鐵笙是挺有名的，是老的燕京大學的，當時在文藝界挺出名，那時他是頭兒啊，有點本事，我們請他吃飯，在東安市場的沙龍，這些朋友，一塊兒聊天、聚會，東安市場原來有條街，完全是書店，咖啡店，冰激淩啊，奶啊，好多文人都在那兒。我們在那兒請過好幾次客，有一個咖啡店，經常有青年人活動。不是固定的。那時交往的文人挺多的，深交的少。吳興華，是燕京大學的，沒什麼交往，刊物上有他的，但是跟他沒什麼交往。我不知道他們在外邊怎麼樣，但在家裏沒什麼交往。交往深的還是李景慈他們，是輔仁的，北京市的。

話劇挺時新的，四一劇社是我的妹夫李雲子他們辦的，有很多是地下黨，我妹妹就是劇社的演員，叫陳光，演那些名劇，曹禺的《原野》《雷雨》《日出》《北京人》，還有其他好多劇。燕京的，輔仁的，好多男同志女同志都參加，因為它是地下黨領導的。這些活動日本人不管，不敢管，也管不了。他們有派別的。地下黨，挺有辦法，演出轟動全北京，那時我們都是看這些戲長大的，那會兒挺熱鬧的、影響挺大的話劇，都在北京飯店，最大的場地是北京飯店。

四、解放前後

英誕到東北去，是形勢變了，四平那邊都解放了，希望都在那兒。四平解放後，慢慢就到錦州了，我們就到錦州去了，我有一個念小學時候的校長，姓高，我見著高校長了，一見很親熱的，他在錦州那兒的師範當校長，就約我們上他那兒教書去了。我和英誕一塊兒，他在高中教，我在初中教，就在外邊這樣生活，就在錦州那兒。後來到瀋陽，瀋陽有一個中正中學，沈啟无都去了，辦中正大學，好多老師，我們好多同學，見面很親熱，都教書去了。在瀋陽待了兩年，回到北京。建國時我們沒在北京，在唐山，在冀東解放區受訓練，挺熱鬧的，解放以後，教師都在那兒，上暑期訓練班，就是全省的教育界湊在一起，開始聽報告、學文件，然後討論，就在那兒學。學完以後，我記得開灤煤礦開大會，英誕會唱戲，唱京劇，他唱京劇唱得挺好的，拉胡琴，還登臺表演，後來河北省教育廳長也去了，教育廳長也覺得這位同志方面挺多的，接見我們，後來寫了一封信，給華北大學的校長吳玉章，介紹他去人民大學。51年回北京，英誕在家裏看書、寫作，把信擱在那兒，也不找去。他上貝滿中學教書去了。

採訪時間：2006年10月27日

採訪地點：陳萃芬家

陳萃芬：朱英誕之妻，1918年生，1939年考入北京大學文學院，參加北京大學詩詞研究社，在《中國文藝》、《中國公論》等刊發表詩作。1943年畢業。曾在北京市女一中（後為161中）、28中任教。

朱英誕瑣記

——從《梅花依舊》說起

陳均

在很長時間裏，我一直把朱英誕當作文學史上那種早慧、早逝的彗星般的人物，遠者如曹植，近者如蘭波、海子。事實上，我的這一印象是從廢名筆下初遇朱英誕時維妙維肖的場景而來：

> ……朱君當頭一句卻是問我的新詩意見，我問他寫過新詩沒有，他說寫過，我給一個紙條給他，請他寫一首詩我看，然後再談話，他卻有點躊躇，寫什麼，我看他的神氣是他的新詩寫得很多，這時主人之情對於這位來客已經優待，請他寫他自己所最喜歡的一首，他又有點不以為然的神氣，很難說那一首是自己所最喜歡的，於是來客就拿了主人給他的紙條動手寫，說他剛才在我的門口想著做了一首詩，就寫給你看看，這一來我乃有點惶恐，就將朱君所寫的接過手來看，並且請他講給我聽，我聽了他的講，覺得他的詩意甚佳，知道這進門的不是凡鳥之客……[1]

如今，大多數對朱英誕略有所知，稍有興趣的，恐怕大多是由這篇文章引起的。這篇文章是廢名給朱英誕的第二本詩集《小園

---

[1] 廢名：〈《小園集》序〉，載《論新詩及其他》廢名著　陳子善編訂，遼寧教育出版社1998年。

集》所作的序，序發表了，詩集編好了卻還等不及出版，便是抗日戰爭、北平淪陷，廢名南歸……一系列事件，集子永遠停留在稿紙上。此外引人注意的，還有廢名的另一篇文章，〈林庚同朱英誕的新詩〉，這是廢名在抗戰後重返北平，重拾戰前講新詩的工作而寫，在這篇文章裏，廢名先談林庚，選了四首，接著談朱英誕，一口氣選了十二首，並說林庚「在新詩裏很自然的，同時也是突然的，來一份晚唐的美麗了」，而朱英誕則是「在新詩當中他等於南宋的詞」[1]。在1998年，這兩篇文章在陳子善先生編訂的廢名《論新詩及其他》一書中相遇了，而且在「本書說明」中，陳先生又特別提示了一下「朱英誕」。

廢名的《談新詩》[2]是已被視作當然的新詩研究「名著」了，裏面說的幾乎個個後來是新詩史上的大人物，而且廢名的持論精深玄妙有趣。但，且慢，還有一個「朱英誕」是誰？從哪兒來？到哪兒去了？當初讀數遍《談新詩》，總有這麼一個懸念在心頭。但是尋來覓去，「朱英誕」還是不見蹤影。而且看樣子，除了廢名，也沒人寫到朱英誕。

此後，便是一個個小小的發現和閱讀的過程。比如，在寫論文查找吳宓資料時，發現有朱英誕署名的〈吳宓小識〉一文，知道朱英誕對吳宓、吳芳吉有興趣。又如，尋一本何炳棣的《讀史閱世六十年》消遣時，發現他寫過一篇〈少年時代的朱英誕〉，知道朱英誕與他為中學同學。正是從這篇文章的注腳，我找到了事關「朱

1 廢名：〈林庚同朱英誕的新詩〉，載《論新詩及其他》廢名著　陳子善編訂，遼寧教育出版社1998年。

2 關於廢名《談新詩》的版本有：《談新詩》廢名著，新民印書館1944年；《談新詩》馮文炳著，人民文學出版社1984年 ；《論新詩及其他》廢名著陳子善編訂，遼寧教育出版社1998年，等等。

英誕」的蛛絲馬跡——通過注腳提供的資訊，我找到了朱英誕的長女朱紋，其後又拜訪了朱英誕的遺孀陳萃芬，讀到朱英誕的大量遺稿。此時，我的「好奇心」並不因此而淡滅，反而愈加濃厚。這是因為，朱英誕的創作時間是如此之長，若從1928年他寫下第一首詩算起，直至1983年去世，總共達55年之久。假使這還算不了什麼，那讓人震驚或者感動的是，在二十世紀五十至七十年代這段時期裏，當絕大多數作家要麼封筆，要麼寫應合時勢的作品之時，朱英誕卻在書齋裏繼續寫他的「新詩」，不求發表，只是一種「藏諸名山」的偶然的願望。如果當代文學中「潛在寫作」的概念能夠坐實，這便是「潛在寫作」的最佳範例。

在遺稿中，有一篇朱英誕於近離世之年所寫的自傳《梅花依舊》，約兩萬言。一讀之下，甚覺有味，不僅僅是因為朱英誕的文風雅致，還保留著二十世紀三十年代那種小品文的況味，也不僅僅是它提供了一個「五四」之後、受「五四」影響的一代文學青年的心路和生命歷程，對我來說，頗覺興味的是，在這篇自傳裏，有一個關於二十世紀三、四十年代北平現代派的「微觀世界」。因原稿筆跡較潦草，皆是毛筆小字，不易閱讀。在一個假期裏，我邊讀邊將其錄入電腦。於是，便有了寫這篇〈朱英誕瑣記〉之緣了。

關於朱英誕的家世及早年經歷，《梅花依舊》述之甚詳，在此不贅。以下，還是依《梅花依舊》的格局，以幾個關鍵字來「瑣記」和描摹一下「朱英誕」，也算是對《梅花依舊》的「小補」吧。

第一首詩：朱英誕的第一首詩名為〈街燈〉，作於1928年，此時朱英誕正在天津彙文中學讀書。在寫作《梅花依舊》時，這首詩尚未找到，僅存留在朱英誕的記憶裏。因此他將詩題記作〈雪中跋涉〉，此後便是對詩中情景的追憶。當我訪問朱英誕長女朱紋時，她告知這首詩已找到，在此不免抄錄一番：

街燈

水上披著羊皮的人
在採索銀魚？在他身邊，
烏稚散步，安閒地。
磨坊裏的驢叫起來，
鐘聲遲緩的敲著，
汽笛長鳴，——
這一切都遠遠的落在我身後面了。
橋把河隔開而把兩岸連起，
我依舊望得見一切，
但在雪中跋涉，我進退維谷而行。
獨自走著，我趕上前面那些提燈的人了。
街燈，昏黃的，依舊貼在牆上，
像鬼臉，……我幾乎每一經過
都感到無端的恐怖。

（一九二八年冬作）

「雪中跋涉」原是詩中一句，但卻較為打眼，確是詩中某種帶有寓意的場景，這就難怪會誤記成詩題了。朱英誕解此詩為「元白樂府派」，大約是指他其時的興趣在「元白」，或亦指此詩的寫作方法為「白描」吧。

蹇先艾：1932年，朱英誕由天津赴北平考大學，仿泰戈爾《飛鳥集》作〈印象〉詩數首，得蹇先艾稱讚。不過，蹇先艾此後與朱英誕似乎並無交往。我於朱英誕遺稿中，曾見剪報一張，為文革後關於蹇先艾之報導，適時能理解為蹇先艾「平反」的信號。可見，因一言之贊，朱英誕對蹇先艾一直是感激兼有關注。

林庚：朱英誕考入民國學院後，恰逢林庚在此兼課教國文，於是，與同學李白鳳一起，以林庚為師習詩。其時林庚在新詩壇上風頭甚健，俞平伯在為其詩集《夜》作序稱「這一班少年的，英雄的先鋒隊」[1]。一開始，朱英誕寫完詩後即送與林庚，林庚讀後為之推薦。但到後來，朱英誕的詩風有所變化，「當時他寫的詩我幾乎每首都看過，他似乎是一個沉默的冥想者，詩中的聯想往往也很曲折，因此有時不易為人所理解」[2]，林庚便將其推薦給廢名。朱英誕也曾短暫追隨和實踐林庚關於「格律詩」的主張，在〈《春草集甲編》跋〉中，朱英誕憶道「一九三四年至一九三五年兩年間」，「我還試寫了一些韻律的詩」「其中許多試作本都有以自由體寫的原稿，我取來改寫成韻律詩，卻大抵失敗了。廢名先生所說：『是作者幫助方塊，並不是方塊幫助作者，』但其實我倒是想追隨靜希先生完成他的實驗的」。在戴望舒和林庚的爭論中，朱英誕自然站在林庚一方，但態度卻頗「冷靜」，在1948年所寫的一篇評論戴望舒的文章中，他談到「事變前戴望舒先生和林庚先生為了詩的形式和技藝的探討的論爭，當時我是奉勸過林庚先生的，完全可以付諸不聞不問，這一點廢名先生最為瞭然；但林庚先生是新英雄，我也是瞭然的。」[3] 1935年12月，朱

1 俞平伯：〈《夜》序〉，載《夜》林庚著，開明書店總代售，1933年。

2 林庚：〈朱英誕詩選書後〉，載《冬葉冬花集》朱英誕著，文津出版社，1994年。

3 朱英誕：〈讀《災難的歲月》〉，載《華北日報．文學》第三十九期，1948年9月26日。

英誕的第一本詩集《無題之秋》印成，序為林庚所作，林庚乃借題重釋「自由詩」之意不在「形式」，文末云「英誕平日常以詩來往近擬選印，囑為作序；正苦無話可說心有此感順便寫出，願英誕與我共勉之。」[1] 其時兩人交往甚為密切，摘錄林庚致朱英誕一信為「詩集已改好抄清，廢名先生序亦寫來，即可動手刻了，得空星期四晚盼見面，今日初雪，十月陽春，別有清趣也。」[2] 抗戰期間，林庚返鄉，至福建長汀的廈門大學任教，此時鴻雁傳書，林庚猶不忘朱英誕之創作，勸曰「近來詩境進益如何，聽兄年來篇什不甚開展，一旦閉門覓句，則又恐易入巧途中，此宋人終身病也。」[3]

抗戰勝利至建國後，林庚曾與朱英誕見過數次，「在見面中也沒有再聽到他談起自己的詩作，我以為他已無心於此了」[4]，實際上，為避「詩禍」，朱英誕此時很少公開與人談詩。直至 1985 年，朱英誕已去世兩年，朱英誕長女朱紋訪問林庚，並告之朱英誕去世消息，林庚才知道朱英誕一直堅持寫作，留下了大量遺作。林庚在朱紋所提供的詩稿上圈點選詩，所選詩為後來出版的朱英誕詩選《冬葉冬花集》之雛形，並作〈朱英誕詩選書後〉一文。

廢名：「樂莫樂兮新相知」，這句詩在廢名用來，正是形容與朱英誕的關係。自林庚介紹朱英誕與廢名相識後，兩人甚為相得。朱英誕家住西單，常在午後步行至北河沿廢名住處談詩，集中有數首詩皆題為〈訪廢名不遇〉，其中一首甚好，抄錄如下：

---

1 林庚：〈《無題之秋》序〉，載《無題之秋》朱英誕著，1935年。

2 〈詩及信第四輯〉，載《輔仁文苑》第二輯，1939年12月。

3 〈詩及信第四輯〉，載《輔仁文苑》第二輯，1939年12月。

4 林庚：〈朱英誕詩選書後〉，載《冬葉冬花集》朱英誕著，文津出版社，1994年。

訪廢名不遇

我獨自踽踽的，
走過清翠的天的山谷；
或者行色匆匆，
道旁的水果香也不挽留。

小河裏沒有流水如雲，
枯樹是靜觀逝水的老人；
一個靜靜的冬天將告別的日子裏，
我似乎感到一點寂寞嗎？

當我隔了玻璃窗探視時，
那些舊傢俱是一些安靜的伴侶，
它們似乎一點兒也不寂寞，
於是我平靜地回來。

作於一九三五年

朱英誕之訪廢名，「一點寂寞」之意，猶如虛空——套用廢名詩句——不就是「一點愛惜的深心」麼？當時廢名正在北京大學課堂上講新詩，朱英誕既去聽講詩，又參與了選詩，如朱英誕在郭沫若的〈夕暮〉一詩下用英文寫「非常好」，於是廢名在講郭沫若時首推此詩為「新詩的傑作」。廢名常邀朱英誕、林庚等人去中山公園談詩，一信云「現由我約定於星期二（五月五日）下午兩點鐘在中山公園後門池邊柏樹下茶座上晤談，已函知靜希，屆時請你徑由西城往中山公園為幸」[1]，還有一信大概是廢名對「訪廢名不遇」的回答，「雪中我也是訪友談天去了，孰知乃有朋自遠方來，其實離橋上不遠，何人不知而雪亦不知乎？歸來乃留得足下之『悲觀』，我亦甚覺可惜也。」[2]

朱英誕的第二本詩集《小園集》編就，請廢名作序，即如前述。不過，在翻檢朱英誕遺稿時，我發現《小園集》手稿中所夾雜的廢名序言，中間省略了廢名初遇朱英誕之情景，因此廢名序言為陳萃芬手抄稿（按朱英誕曾寫：所藏廢名手稿為鼠所齧，僅余論唐俟的一篇[3]），因此，目前很難斷定，這一細節，是廢名序言的初稿中就已寫成？還是廢名在公開發表前才添加的？

1937年蘆溝橋事變前，廢名忽然搬至雍和宮，等朱英誕去北河沿時，真的變成「訪廢名不遇」了。後廢名來信告知，朱英誕去雍和宮，並勸廢名南歸。到年底，大約是廢名聽聞母親去世的消息，遂南歸。

1940年秋至1941年春，朱英誕在周作人主持下的北京大學文學院「講新詩」，接續了廢名在戰前「講新詩」的工作，朱英誕一邊整理廢名的講稿，一邊自己撰寫講稿，凡廢名論及的，先錄廢名稿於前，再附錄自己的意見於後；廢名未曾論及的，則為朱英誕所撰講義，如此一年講下來，便成朱英誕與廢名合撰的《現代詩講稿》，並有與講稿相應的詩選《新綠集》（中國現代詩二十年選集）。此外，朱英誕還編選了廢名與沈啟无的合集《水邊》。

---

1 姜德明：〈廢名佚文小輯〉，載〈新文學史料〉2001年第1期，原載於〈新北京報〉1939年8月。

2 姜德明：〈廢名佚文小輯〉，載《新文學史料》2001年第1期，原載於《新北京報》1939年8月。

3 參見朱英誕所寫《跋廢名先生所作序論》，未刊。

抗戰勝利後，廢名又回北大，並發表〈林庚同朱英誕的新詩〉，朱英誕從東北歸，往見廢名。在朱英誕的回憶中，還有廢名談詩之感慨。但不久，朱英誕又至唐山教書，等再次返京時，廢名已赴東北，此後便再無相見之日，在《梅花依舊》中，朱英誕感歎「聞一目已眇。嗚呼。怎麼能到那麼寒冷的地方去呢！」

李白鳳：字象賢，朱英誕在民國學院時的同學，共同向林庚請教學詩。李白鳳大約是富於詩人氣質，又以結交名人和發表作品為榮。因此，托林庚介紹認識周作人，朱英誕在〈苦雨齋中〉憶道「而周先生對象賢很賞識，並且有興致偕渠至秋荔亭去看俞平伯先生，而象賢每有所得，歸來總是滿懷春風似的訴說著，我聽著也很高興。」[1] 一年後，李白鳳去上海，常在施蟄存主編的《現代》雜誌上發表詩作，後被認為是「現代派」中一員。此後，通過林庚或其他友人，斷斷續續有所聯繫。據陳萃芬回憶，李白鳳後來曾在山西大學教書，也曾到北平，住朱英誕家，由朱英誕介紹工作。後無聯繫。

沈啟无：周作人四大弟子之一。沈啟无與廢名、林庚交往甚多，據沈啟无所說，廢名住北河沿時，與沈啟无住處僅一河之隔，經常「飄然而至」，沈啟无之所以寫新詩，亦是因廢名鼓勵。但奇怪的是，未見當時沈啟无與朱英誕交往之記錄。直至沈啟无聘朱英誕到周作人主持之北京大學文學院任教，朱英誕在《梅花依舊》中的回憶也是輕描淡寫，「我偶然遇到沈啟无（曾在廢名家見過）」。其時，沈啟无任中文系主任，並與朱英誕共同擔任北京大學詩詞研究社導師，沈啟无在一信中言道「我擬聚英誕南星國新諸君於一堂」[2]，又一信說「我和英誕南星都說過，頗想能有機會

1　朱英誕：〈苦雨齋中〉，載《天地》第11期，1944年8月1日。

2　沈啟無：〈閒步庵書簡鈔〉，載《文學集刊》第一輯，新民印書館，1943年9月。

辦一刊物，最好是詩刊」[1]，頗有發動及引導新詩潮流之志。這一刊物大約就是《文學集刊》，已非純然詩刊，沈啟无任主編，朱英誕、李景慈為助理編輯，「卷頭語」云，「我們願意擔荷這責任，古典的精義與現代的寫實熔為一爐，中外古今之得以閎通，而又各有牠的獨特」。1943年9月《文學集刊》第一輯出版，出至第二輯。因受「周沈交惡」影響，雖已預告第三輯篇目，但並未出版。在此期間，兩人交往極多，可謂「通家之好」。在沈啟无致朱英誕的信中，有約朱英誕給學生講詩、對朱英誕新詩課建議之語。在〈水邊集序〉中，朱英誕記載有沈啟无去其海淀鄉居中催稿之事。

沈啟无攜朱英誕之詩去日本，並獲第一屆「大東亞文學賞副賞」[2]，奇怪的是，朱英誕對此事並不知情，僅猜測沈啟无冒其名而獲賞，這一疑雲直到寫《梅花依舊》之時仍未解開。此後，因「周沈交惡」，沈啟无被周作人「破門」，去武漢協助胡蘭成辦《大楚報》，朱英誕亦去職北大。三年後在東北重逢，建國後抑或有相見之機（陳萃芬回憶她曾偶遇沈啟无），但時勢易轉，文事消散，已不復當年。

周作人：對於周作人，朱英誕更多的是敬且遠。在李白鳳頻頻造訪苦雨齋之時，朱英誕僅是旁觀而已。苦雨齋的聚會，似乎朱英誕也很少去，如林庚信云「苦雨齋之聚亦仍照常，惟少見廢公及吾兄耳」[3]。據《梅花依舊》及陳萃芬的回憶，周作人對朱英誕頗為欣賞，曾在廢名、沈啟无面前多有誇獎，並有文副題為「給一位

---

1 沈啟無：〈閒步庵書簡鈔〉，載《文學集刊》第一輯，新民印書館，1943年9月。

2 據張泉《抗日戰爭時期的華北文學》，沈啟無所攜詩為《損衣詩抄》，在1943年8月在日本東京舉行的第二次大東亞文學者大會上，被評為第一屆大東亞文學賞「選外佳作」，幾月後，在北京追加為「大東亞文學賞副賞」。（《抗日戰爭時期的華北文學》張泉著，貴州教育出版社2005年版，第485頁）。

3 《詩及信第四輯》，載《輔仁文苑》第二輯，1939年12月。

小友」，「小友」即朱英誕。除《梅花依舊》中所述與周作人之緣外，在〈苦雨齋〉中，朱英誕記述了幾次與周作人的交往及印象，如「眼睛漸漸縮小了起來，眼球微微向上，於是一位一代偉大的人物突然有如一頭印度的「象」，——使得我腦中詩意大轉」，又如「苦雨翁的走路，他常是帶著一些興奮的樣子走向書架或者別的地方去，而姿態很像一種醉漢的碎步，或者說有如火焰的歡欣跳舞，生命的活躍充分表現了出來，與平常在外面的枯淡的神情完全不相同。」[1] 因「周沈交惡」及〈苦雨齋中〉一文對周作人的觸犯，朱英誕此後與周作人遂無往來。

在1941年秋的一次慶祝「四一劇社」成立的聚會上，張鐵笙戲謔式地介紹朱英誕，「說我的文章『跟周先生一樣』，而且『有時候字寫得也跟周先生一樣，』『所以有時候我們也稱他為周先生。』云云」，朱英誕在面紅「羞澀」之餘，撰文分辯道「周先生現在是有光，沒有火了。然而我，我的幽憤頻增。我的幽憤是多方面的。可惜有『幽憤』而無『詩』。」[2] 或可反映朱英誕其時之心緒吧。

魯迅：朱英誕從未見過魯迅，但敬仰之情溢於言表，在《梅花依舊》中尤顯。在我閱讀朱英誕所遺《現代詩講稿》時，見廢名所講魯迅新詩的部分被剪去，問陳萃芬方知朱英誕以魯迅不應與眾詩人並列。在其遺稿中，朱英誕亦藏有時人研究「魯迅與新詩」的論文剪報，可見其關注之情。在《梅花依舊》中，朱英誕以魯迅「把五四的光彩捧到了三十年代」，當然，朱英誕以周氏兄弟為時代的大人物，而自認是「大時代的小人物」。

南星、黃雨、李景慈、沈寶基：皆為朱英誕於北大時的詩歌

---

1 朱英誕：〈苦雨齋中〉，載《天地》第11期，1944年8月1日。

2 朱英誕：〈一場小喜劇〉，載《中國文藝》第5卷第5期，1942年1月5日。

「小圈子」中人，或曰「廢名圈」[1]。南星成名已久，以新詩、散文著稱，朱英誕曾述與南星共訪周作人，南星戲稱「舊刑部街」為「久行步街」。黃雨為廢名之學生，時為北大齋務處職員，以寫新詩聞名。在任《新北京報》編輯時，曾發表廢名致朱英誕的「詩及信」。李景慈畢業於輔仁大學，在北大文學院任助教，寫小說和散文，在淪陷區文壇甚為活躍，據稱亦是北平左聯成員。曾參與《輔仁文苑》、《中國文藝》、《文學集刊》的編輯。建國後直至八十年代，都與朱英誕保持來往，後任北京出版社社長，朱英誕詩選《冬葉冬花集》即是在他的介紹下由陳萃芬編輯，於1994年自費出版。沈寶基為法國留學歸來，寫詩、譯詩，並發表批評，曾與朱英誕比鄰而居。在朱英誕自編的《花下集》中，就載有一首有趣的「聯句詩」：

屋裏的天涯

（星期六七人聯句）

夜，恐怕是花兒放送出來的吧？（朱英誕）

【平常，尚似叢句。】

胸中能生長出花兒來嗎？（沈寶基）

【已想入非非矣。】

我的胸中為什麼不能生長呢？（沈金川）

【何其天真！】

那是你缺少了光。（沈寶基）

【遂進入深刻。】

[1] 在朱英誕所撰的新詩講義《現代詩講稿》中，有專節名為「廢名及其circle」，我將之譯為「廢名圈」。在新詩講義裏，被納入「廢名圈」的詩人主要是程鶴西和沈啟无。我則將其擴大，泛指受廢名詩論影響的一批詩人。

燈的輝煌是詩人的狂易，（張雪芳）　　　【略映帶諷刺。】
華燈初上裏夜和我們攜手；（陳傳彩）　　　【不失矩度。】
一陣風把黑暗吹到人間，（沈金川）　　　【陡轉入嚴肅。】
我們又將進入夢裏的沙場。（沈金聲）　　　【再接再厲。】

沙場上猶有醉臥的人吧？（沈寶基）

【沈著。】

燈亮非是陽光，唉，花兒的故鄉啊！（朱英誕）

【科學與詩的諧調。】

風動我們的笑容和雪的芬芳。（張雪芳）

【富有情趣。】

煙飄到了屋裏的天涯，（沈金聲）

【神奇！動人之極！】

如雲一般的在空中舞蹈著，（沈金川）
而我隨之舞蹈的生命，霧中的花。（沈寶基）

【化生動為老練。】[1]

（一九四四年六月二日，北京景山東街三眼井沈宅。）

在詩後「附記」中，朱英誕寫道「與詩人沈寶基僅一牆之隔。其時寶基仍喜賦詩，兩個孩子聲兄川弟甚乖巧，這一首聯句詩就是我們訪談時大家歡樂中所寫成的。」聯句中署名六人，陳傳彩即陳萃芬，為朱英誕之妻。沈金聲、沈金川為沈寶基之子，張雪芳為沈

[1] 這一句是對最後兩行詩的眉批。

寶基之妻。所謂「七人聯句」，未見其名的是朱英誕長女朱紋，此時尚一歲，還是咿呀學語的懷中嬰孩。那麼，這首聯句詩便是兩家詩人鄰居週末串門聊天時的出產物了。朱英誕在聯句詩上還附上眉批，原詩稿為附於詩後，今抄錄、列於詩句之旁，亦是以朱氏之樂為樂也。

「北大講詩」之後：「北大講詩」幾乎是朱英誕履歷上的輝煌。從習詩到講詩，作為一位詩人，朱英誕實際上形成了自己的「文學場」，但隨即被時代所覆滅。自北大去職後，朱英誕在北平特別市政府任職兩年，之後與陳萃芬一起去東北教書。1948年底，朱英誕回北平，曾見廢名，不久又至唐山教書。1951年返京，此後在貝滿女中教書，1963年因病退休。此後二十年，筆耕不輟，但人所未知。在遺稿中，我曾見一紙，題為「1972年第3次清稿5年計畫」，上書其計算所寫新詩數量之法，「四十年，以每日1詩計，共計約14600首」「每日清繕30首（早起、午後、夜間各10首）」，等等。今之於遺稿所見《朱英誕自訂詩稿》，包括二十六冊三千餘首，也許是這一計畫之成果。但如算上其他未修訂的散卷及佚詩，其作品總量就難以計數了。至於自傳《梅花依舊》，朱英誕長女朱紋曾言道：見父親總是伏案，卻從不見發表，於是追問緣由及來歷。至1982年底，朱英誕才撰《梅花依舊》作答。

在《梅花依舊》的結尾，朱英誕單辟一節為「三十年代（小引）」，我讀後以為言或未盡，於是詢問陳萃芬，答道自傳至此已寫完。「對真理的熱情是三十年代青年詩人與作家中最有才能的份子特徵。」朱英誕引此語，我甚喜之。「所有致力於文學藝術的人幾無例外的是」從夢想「屈原世界」開始，以進入「非屈原世界」結局，朱英誕此說，我同悲之。

丁亥處暑於京滬旅次

重見淹沒的輝煌

——發現朱英誕和他的《冬葉冬花集》

斷裂的歷史，使得我們少認識多少可貴的人文風景。人為的政治偏見，造成我們視親人如同敵人般隔絕，這可怕的兩岸數十年的硬性阻隔是多麼的殘酷可悲。釀成了多麼難以彌補的悲劇命運。即使現在已經恢復交通，但那些錯誤造成的損失，恐怕再過幾十年也追不回來，有的就永遠被時間淹沒了。因此當我聽到有人一件件從廢墟中去拾掇拼圖找回那些偉大心靈的全貌，還他應有的尊嚴和成就，我就對這些勇者肅然起敬，我又可以多一份心靈的營養補充。

前輩詩人朱英誕這個名字對我們這僻居臺灣的詩壇言是完全陌生的。我們曾經慚慚知道比較熟知的李金髮、徐志摩、馮至、卞之琳以及廢名等大家，甚至我曾介紹過宗白華的入室弟子，一直隱居不欲人知的汪銘竹。但朱英誕先生則不但未在我們的臺灣文學大系或詩選中出現過，即使後來從大陸出版的各種新詩鑒賞辭典，詩選、新詩大全等等不下廿多種，也從未出現過朱先生的作品。雖然提攜過他的著名詩人林庚和廢名每種版本都有詩作選入，但獨缺少這兩人的傳人的作品出現。

朱英誕先生（1913-1983）是三十年代的一位詩人，為宋代理學家朱熹的後代。據林庚在朱英誕詩集《無題之秋》書後回憶，他於一九三四年在北京民國學院兼課，班上便有朱英誕和李白風兩位對新詩感興趣的青年，常到他家裏談詩。他對朱英誕寫的詩幾乎每首都讀，他的印象是朱氏似乎是一個沉默的冥想者，詩中的聯想很曲折，有時不易理解。他將朱介紹給廢名，廢名卻非常欣賞。從這裏可以看出朱英誕在二十多歲時，即已是一個不凡的青年詩人為大名家所賞識，且具有不凡的詩的性格。因此當後來詩評家把他視作現代詩人的一員，可說其來有自，因他有著現代主義敢於抗拒傳統的先天因數。但他卻又受他啟蒙老師林庚的影響甚深。林庚雖是自由詩的始作俑者，但也並不忘情格律詩的優點，他曾認為「自由詩的長處是能夠無阻地抓住剎那的心得，顯得緊張驚警。格律詩所寫的多是「深厚的蘊藏」，顯得從容自如。成熟的新詩應兼有二者之長，能夠從容自如地在整齊的形式中表現新的感覺。」看朱氏一在《無題之秋》詩集前後（1932-1935）之作品，顯然就有自由與形式互相拉扯的格局，尤其一些像律詩樣前後四行的短詩。以及在《春草集》（1035-1937）中的一些四行形式整齊的韻律詩。

朱英誕的表現越來越具現代詩風味應自他受教於廢名開始。廢名自接納朱英誕為學生後，雖自謙「這位少年詩人之詩才，不佞之文絕不能與其相稱」，然卻對朱詩的既有表現一點也不假以詞色。他在為朱的新詩集《小園集》寫序的時候說：「朱君這兩冊詩稿還是從《無題之秋》發展下來的，六朝晚唐詩在新詩裏復活也。不過我奉勸新詩人一句，原稿有些地方還得修改，這件事是一件大事，是為新詩要成功為典範起見，是千秋事業，0要太是「一身以外，一心以為有鴻鵠之將至」也。」同時，廢名在論〈林庚同朱英誕的新詩〉中說：「在新詩當中，林庚的分量或者比任何人更重要些，因為他完全與西洋文學不相干。而在新詩裏很自然的，也是很突然的，來一份晚唐的美麗了。而朱英誕也與西洋文學不相干，在新詩當中等於南宋的詞。這不但證明新詩是真正的新文學，並不一定要受西洋文學影響的新文學。他們的詩比我們的更新，而且更是中國的。」從廢名的觀點來看林庚、朱英誕和他才是真正從中國水土，非自西洋花露水噴灑而自我長成的中國新詩，是中國新詩的正路。

朱英誕大量發表詩作和投入新詩研究工作是在抗日戰爭時北方的淪陷區。其時北方作家詩人紛紛南下，詩歌重心由北京轉入昆明等大後方，這些留在北方的詩人遂與戴望舒等現代派詩人斷流。當時深受廢名詩論影響的年輕詩人包括朱英誕、沈啟无、吳興華、黃雨、南星等遂在淪陷區自成一面旗幟，堅持固有的詩歌理想。朱英誕在此時間扮演了極重要的角色，一方面在北京大學開講現代新詩（現存有《現代詩講稿》），並開始大量發表詩作，在1937至1945年間他自編了《深巷集》、《夜窗集》等重要詩集，《夜窗集》並分甲、乙、丙、丁、戊、已五稿。在1944這一年的九、十月間他連續寫了十二首詩（根據《冬葉冬花集》所選，在原詩集中應不止此數）。廢名在四十年代末重返北大時曾特別佳許朱氏此一期間的豐富業績。

抗日戰爭勝利後從國共內戰到1949年共和國成立，朱英誕的詩作品從未中輟過，據有人統計至1983他離開這個世界為止，一生詩作有三千首以上，是中國新詩史上創紀錄的多產詩人。最不可思議的是在他有生之年，國內局勢從未有一天平靜過，而他從未介意，在他的詩中看不到半點時代的痕跡，歷史的滄桑。即使在那革命的詩歌叫鬧得震天價響的六七十年代，朱英誕亦不畏寂寞，依然堅持自已的理想，寫自已的詩。這也是一個罕見的奇跡，尤其和他同年齡層同時代的詩人，或多或少都曾吃過苦，歷過險。但他也因為這麼固執的不入世，因此他也不為世所重視甚至有意忽略，有人就認為像朱英誕、吳興華、路易士等在淪陷區奮鬥過的詩人就應與大後方的「九葉詩人」如辛笛、穆旦、鄭敏等同樣受到重視。路易士即臺灣詩壇三老之一的紀弦，他在臺灣光復後即來台教書，並組織現代派，為臺灣的新詩灌輸現代改造思想，為臺灣新詩邁入現代途徑的大功臣、可惜朱英誕就沒有這種機會。

作為廢名入室弟子的朱英誕的詩有幾大特點，除了前述的不入世外，尚因他嗜讀陶淵明的詩，嚮往一種山水行吟的詩人生活，散淡閒適的人生。他的十幾本詩集中寫的幾乎全是大自然鄉野間的各種情趣，他寫過〈大風之歌〉、〈小黃河擺渡〉、〈瀛台湖上的野鴨〉、〈擬田園詩〉等具人性真意的詩。即使到了七十多歲（1983年）已纏綿病榻多時、他依然寫〈欲雪〉、〈掃雪〉、〈飛花〉等沉醉人間生活的作品。〈掃雪〉一詩非常有趣：

> 「掃雪了」——／門外的人在輕輕召喚／冰心先生曾經告訴我們／這是「北京的聲音」／慚愧，我也是北京人的一個／彷佛卻不曾聞問！／孩子們更可憐／慢慢地都不認識雪了／我也只好笑一笑。／讓我來看雲，那／蓬蓬白白，一東一西，一南一北／一堆一堆的是什麼？／雪。我的雪！我的夢實現了。／那裏，那天邊，是我掃的一堆／雪。是的，我掃了／應該的／不要謝。

用語奇特，比喻不凡，詩思飄忽，捉摸不定也是朱英誕詩的一大特色。像上面這首詩他的詩的思路就是一再轉彎的，從「掃雪了」的聲音一響起，他便將聯想跳到冰心在〈北京的一天〉中的這一句「北京的聲音」，然後慚愧自已身為北京人也不曾聞問過，遑論孩子也不識雪為何物。於是他仰天看雲，那一堆堆白白的雲，彷佛那就是他已掃成堆的雪，他心滿意足的說「是的，我掃了」，而且彷佛對人說：「這是應該的，不要謝。」他在病榻上聯想翩翩的做著他已無法去完成的工作，而且自得其樂，這是詩人思路靈活的好處。至於用語奇特，比喻不凡，這是廢名說的。他認為朱英誕的詩有些「不可解，亦不求甚解，彷佛就這樣讀可以，可以引起許多憧憬似的。」然就朱英誕童年好友歷史學家何炳棣博士的回憶，朱氏自幼即非常含蓄，詩的語言本來就是最濃縮的語言，因此他的詩就不免有晦澀之感了。對於此點，我讀遍手頭的《冬葉冬花集》所有的詩，尚未碰到有完全奇特到不能理解的作品，反倒覺得他的詩有的頗符合現代主義象徵詩的手法，甚至早就是當今流行的逆向思考，毋須逐字求解，讀後真的可以引起許多憧憬。現以短詩〈秉燭之遊〉為例：

紅燭在你的手裏，
照著的是我所愛慕的你，
紅燭遞到我的手裏來，
照著的我也是你的。
方才在黑暗裏的人嗎？
小心啊，風前的燈，
花一般的寂寞的紅。

像這樣短短的七行，如果是一個讀慣像徐志摩那樣語言順暢的自由詩的人而言，定會為他的詩中曲折的你，我定位而不耐的。至於突然冒出一句問話，以及「花一般的寂寞的紅」的描述，這中間似乎在作三級跳，省略掉很多必要的補述和轉折，對於慣於線性思考的人而言，是會覺得難以求解的。其實這已是現代主義慣用的技巧了。我讀此詩似乎有卞之琳的〈斷章〉一詩的影子，卞氏愛用現代主義大師美國詩人艾略特的「客觀聯繫法」以及蒙太奇手法為詩，造成閱讀上的趣味和挖掘。真的，如果有心多讀幾遍、不覺會讀出真味的。那「花一般寂寞的紅」不正是那「風前的燈」的隱喻嗎？

然而即使朱英誕的詩無論從質和量都不輸人，為什麼終其一生未受到重視，甚至連詩選一本也上不去，這是什麼原因呢？有人分析最主要原因是他係淪陷區詩人，外面的人鮮能知道他的存在。他的老師林庚和廢名也是同樣的命運，廢名的詩全集一直要到前年才設法來臺灣出版。同時林庚和廢名由於詩風保守古樸，也長期不為視現代主義為正宗的主流詩壇接受，這樣也影響到他們的學生如朱英誕、沈啟无、吳興華等人的出頭。另一令人哭笑不得的原因是因他出版的詩集是自費出版，沒法公開發行，阻絕了外界對他的瞭解，甚至不知道有這麼一位詩人存在。他雖有詩三千首（沒有一首超過五十行的長詩），但公開在報刊發表的不超過三十首，像這樣的露臉次數是打不出什麼知名度的。不過再高的知名度也不能代表一個詩人存在的真實價值，詩人的最高價值決定在他寫的詩的高度。其他只能湊個虛名。

向明

2008年9月13日秋台肆虐時

編注：關於朱英誕作品發表情況有誤，朱氏亦有長詩，且1930年代發表作品大大超過30首之數。

校訂後記

在校訂朱英誕先生的《仙藻集》、《小園集》過程中，發現了一些有趣的問題，因而附記於書後：

一、本書正文所採用的詩歌文本均係朱英誕先生於1965年修訂的自訂詩集中的前兩冊，即《仙藻集》和《小園集》。序跋、目錄、詩歌排列皆據作者手稿中的安排。

二、朱先生在修訂時，除少數詩保持原樣外，其他詩均有修訂，有些詩的修改幅度甚大，從詩題到內文皆不同，往往只保留若干詞語或意象，幾乎是完全不同的詩。我便是根據種種蛛絲馬跡而尋找文本之間的關聯。

三、在校訂時，我主要使用了朱英誕印製於1935年的詩集《無題之秋》以及發表於《風雨談》、《中國文藝》、《輔仁文苑》、《星火》等刊的詩，並以編注形式列於正文底端。

四、詩集《無題之秋》包括三個小輯《無題之秋》、《長夏小品》和《春草與羌笛》，但《仙藻集》僅包括《無題之秋》之小輯。其他兩個小輯並未列入。

五、據朱先生云，《小園集》中的詩曾全部發表過，但至校訂完工之日，仍少數幾篇未找到它的「前身」，亦有若干1930年代發表的詩篇未找到它的「後身」。或許朱英誕先生在修訂時，修改程度太大的緣故。以後如有發現，再行補入。

六、詩集《無題之秋》中原有作者自跋，但朱英誕先生將之修訂為《仙藻集》時，並未收入或列於目錄，因此於本書附錄中錄之。另有朱先生寫於不同時代的關於兩集的隨筆，也附於附錄。

七、《小園集》中的廢名序，比現今常見文本少一段，未知緣由。此處依作者自訂詩集的原稿錄之。

八、因以上原因，此《仙藻集》《小園集》或更可視作為1960年代之文本也。

九、在新詩史上，由於各種原因，作者對自己的詩不斷的修訂，如何看待和處理這些文本？仍然是一個有待思考和實踐的領域。具體到本書所收錄的兩個小集，其修訂既有作者對於新詩詩藝的反省，亦有時代變化導致的感受方式和語言方式的變化，尤其是在民國與共和國之間，語言的變化或許能生發出更多的話題，有心人不妨識之。

陳均

寫在《仙藻集・小園集》書後

辭舊迎新的北京城，白茫茫一片，寒風席捲著漫天飛舞的雪花，這是一場罕見的大雪！在我，這是一場招魂雪！……我望望書案上《詩刊》編選的詩歌名篇珍藏版，上面刊登了詩人朱英誕詩作〈古城的風〉二首，心中回想著前幾天陳均博士打電話邀我到中國人民大學觀看中央電視臺2010年《新年新詩會》的情景，寒冷的冬天裏，大禮堂溫暖如春，這是一場電視片播放前的實況演出。朱英誕的詩朗誦是編排在第一篇章的第一首詩，節目序曲開始後，馬上便是新年新詩會兩名最著名的主持人朱軍先生與董卿小姐登臺，對詩人朱英誕做了簡略的介紹，接著由當紅主持人朱迅小姐朗誦朱英誕的詩〈古城的風〉；誦吟人隨風飄逸的長髮及不斷變幻、絢麗豐富的影視畫面，伴隨著詩人的詩句，將人們帶入不可思議的詩境……散場後，我和我的先生走在人大的校園裏，冷風吹到了臉上，心中的熱血沸騰；臨近新年的夜空裏，彷彿不斷飄繞著中央電視臺《新年新詩會》的強大餘波，一直到春節，多個頻道重播，使詩人朱英誕的名字，隨著〈古城的風〉的吟誦，在祖國及世界各地傳播，讓更多的人知道了詩人朱英誕。這些，讓我感歎良多……

朱英誕是誰？大多數讀者並不知曉，他是一位長期銷聲匿跡、被人遺忘的詩人。

朱英誕原名朱仁健，字豈夢，號英誕。家譜記載為宋代理學家朱熹七世孫拓園公後裔。江蘇如皋人。辛亥革命後，全家從武昌遷居北方。1913年4月10日生於天津。父朱紹谷善書畫，喜作舊詩。朱英誕在津門就讀南開中學，並以第一名成績考取彙文高中。他1928年開始做詩，年僅16歲。1932年來到人才薈萃的北京，他在北京遇到他一生中最重要的幾位文學老師；第一位是蹇先艾先生，有過請教「詩」的過程；第二位是在大學裏讀書時碰到的已成名的詩人林庚先生，經林先生指點與提攜，開始在報刊發表詩作，順利步入詩壇。林庚介紹他認識了第三位老師廢名（馮文炳）先生，以後常去北大聽先生課，課下常去拜訪，與先生成為尊崇一生的師友。三十年代中期是自「五・四」之後，中國新詩發展史上極其重要的黃金時代，那時出現多種新詩期刊和許多詩園的開拓者，把現代派這股詩潮推向高峰。朱英誕是詩園裏年輕的開拓者之一，不僅在刊物上發表作品，並在1935年出版了他的詩集《無題之秋》，林庚先生為其作序。那年朱英誕23歲。1936年朱英誕創作了60首詩，結為《小園集》，準備出版，廢名先生為之寫序，並在1937年1月出版的《新詩》雜誌第4期先行發表。但盧溝橋事變的爆發使詩集的出版擱淺了……在民族危難之時，年輕奮發的詩人停筆三年……後《小園集》裏的詩作，曾以〈紫竹林〉、〈損衣詩抄〉名在多種雜誌上發表過，但始終沒有結集出版過，這是個歷史的遺憾！

父親的一生，經過多年戰爭，為生活奔波勞碌，後來工作以教學為主，很少發表作品。但他的詩思如泉湧，創作一直不斷。他以極其喜悅的心情，迎接了祖國和平的春天，開始了新生活。他當然渴望自己的作品能夠發表，但環境一直使他無法發表自己的作品，因他的作品詞語過於纖細，不附和時代要求。不發表作品慢慢成了習慣，「只望耕耘，不問收穫」。他堅守著自己的小園，每日讀書、看報、寫作、研究新文學，努力於詩的創作，在自己的小園辛勤耕耘，苦苦地跋涉……他是一位深藏在胡同裏的詩人。在眾所周知的文化大革命中的一個夜晚，他蹲在院子中央，燒了一麻袋多年積累的資料……他待人真誠、友善，生活樸素且低調，在街坊鄰里們的眼裏，他是一位瘦弱多病的朱老師，誰也不知道他是一位詩人。不事張揚使他逃過最大的一場文化劫難。他給世人留下二、三十本詩集，三千多首新詩的文化遺產。他留有專著、散文、雜文、劇本、舊體詩等等，都有待專業人員整理開發。

在新詩創作的道路上，他堅持了半個世紀之久，新詩的風格有過多次變化與各種嘗試。作為一位詩人，朱英誕的頭上沒有光環，他不是女神，也沒有華燈照耀的大道，他只是行走在北京深巷裏一位平凡的百姓，一位深巷裏頭戴斗笠的農者……父親一生寫詩，「一直很少波動，說是細水長流，也許還貼切」，他在晚年寫文多次談到關於自己的詩，「不過只是一條小溪，而決無長江萬里那麼壯麗。似乎這一條小溪的曲折，很像一個『之』字形，……」(注一)「至於那些所謂詩，不過是溪流兩岸上一片一片的青草，或一叢的溪『蓀』罷了。……」寫詩最初的五年是「之」字形小溪最上面的一個「點」而已。而這個「點」是突然從空中降至，但它是源頭。按作者的說法，這些都是不成熟的東西，我想，大凡不成熟的東西都有新鮮可愛之處。於是我決定在父親百年誕辰即將來臨之時，將他最初五年的兩本詩集，《仙藻集》、《小園集》整理出來……等待出版機會。女兒王雁抽空將詩集錄入電腦後便放在那裏……後我將想出版《仙藻集》、《小園集》一事告之陳均博士，才有了新的機緣和喜訊。

當朱英誕作品首次在海外進入臺灣時，臺灣秀威總編蔡登山先生深明其義應允詩人朱英誕《仙藻集》、《小園集》的詩文合集的出版，不僅了卻和彌補了作者幾十年的歷史遺憾和心中的痛，並使詩人擁有了海外新的讀者，這真是讓人萬分高興的好事！

朱英誕的詩是一條小溪，《仙藻集》和《小園集》是這條小溪的源頭，願這條美麗的西山中若隱若現的潺潺小溪，給臺灣寶島文化帶去純淨環保的綠色，願鳥兒能來造訪，停落枝頭……

父親的作品能在海外出版，使我不僅想到了三位可敬的長者。第一位是新加坡的潘受先生。父親在晚年與新加坡著名書法家詩人潘受先生結識於書信來往，兩人年齡相仿，愛好相同，互贈詩書，互通心曲，成為父親最為心喜的一件樂事。後我1989年赴新參加博覽會，由新加坡美術評論家林肇剛先生陪我到府上拜訪了潘受先生，並得先生之珍貴墨寶，永為紀念。

第二位令我想念的便是遠在大洋彼岸的何炳棣博士（注二）。他是父親思念一生的竹馬之交的密友；1945年他赴美留學前，父親已有詩名，並名在東京。（注三）他那時已結束了在北大沙灘講詩之事（注四）。此後，兩人天各一方。先生奮鬥海外成績斐然，多次回國得到鄧小平等領導接見，父親見報思念至至。而何伯伯回國與母親及全家相見，父親早已辭世。何炳棣在《讀史閱世六十年》一書中深情回憶了他們兒時的趣事。我與先生通信多次，先生又瞭解了父親許多其他事，他最惦記的也是父親遺作的出版。這次海外的出版，無疑是讓這位史學專家最為高興的事。

第三位令我敬意的長者便是臺灣著名詩人向明先生。我與先生未曾謀面，但先生於2008年受浙江《詩評人》主編楊繼暉先生之請為該刊出版的《朱英誕專刊》揮筆撰寫了〈重見淹沒的輝煌——發現朱英誕和他的《冬葉冬花集》〉(注五)。該文讓人看到一位熱愛詩歌的詩人發自心靈的豪爽與真誠。借此詩文合集能在臺灣出版機會，謹向先生表達深深敬謝之意。

至此，我的《寫在書後》一文就此住筆。日後得空兒，再與朋友們相見。

讓我用詩人朱英誕寫於生命最後一年的一首詩結束此篇。

輓歌詩

這原是項平凡的一樁小事，
但於今也許是大事吧？——
海瑞墓新近修復了，在「海角天涯」；
石人石馬有殘存者，在椰樹蔭下。
是的，蜈蚣、蛇、蠍都還在到處亂爬。……
怎麼，你們也要把我葬埋到那兒去？
那可不成。那我的魂魄將怎樣回來！

我不過是一隻凍僵了的雀鳥，
從樹上墜落下來，就這樣自由自在的，
任其自然而然的埋掉吧。埋掉吧。
這樣，我死了我身邊的這一棵
樹，將依舊生長，布葉，著花，年復一年；
這兒依舊有雀鳥來臨，造訪，寒暄，——

這兒是大自然的一角：天上？人間？

（1983.2.24於北京）
2010年元旦大雪中寫於北京
2011年3月改寫　朱紋

注一：引自朱英誕未發表遺作〈關於自己的詩〉（1972、12、19作）。

注二：何炳棣，1938年清華大學畢業，1952年獲美國哥倫比亞大學英國史博士學位，美國藝文及科學院院士，中國社會科學院名譽高級研究員，曾於1966、1979、1997年當選臺灣中央研究院院士。1975-1976當選美國亞洲學會會長。著作有《中國會館史話》、《黃土與中國農業的起源》、〈有關〈孫子〉、〈老子〉的三篇考證》、《讀史閱世六十年》等。

注三：沈啟无於1942年將朱英誕《損衣詩抄》帶往日本東京參加第一屆大東亞文學者大會，蒙日本文學世家崛口先生賞識，譽為第一，後有人提議讓給小說。1943年8月，第二次大東亞文學者大會仍在日本舉行，設置並頒發了第一屆大東亞文學賞。11月，事過僅三個月，日本文學報國會事務局長久米正雄來到中國追加了三項「選外佳作」為大東亞文學賞副賞。其中有梅娘的小說集《魚》、林榕的散文集《遠人集》、莊損衣（朱英誕）的詩《損衣詩抄》，並舉行了頒獎儀式。（引自張泉著《抗戰的北京文學八年》）

注四：1939年，朱英誕經沈啟无先生推薦到北京大學文學院新詩研究組做新詩講座，後與詩人南星（杜文成）同時成為文學院助教。朱英誕在北京大學文學院上新文學研究課，主講「詩與散文」。同時兼任北京大學附設文史研究所研究員。在北大期間的新詩講義是朱英誕整理戰前廢名先生課講義以及自己編寫的講義，兩部合為一部較為完整的新詩講稿。《新詩講稿》一書，廢名、朱英誕著，陳均編訂，已於2008年3月由北京大學出版社出版。

注五：朱英誕著《冬葉冬花集》1994年9月由北京出版社總發行，文津出版社出版，選輯了作者234首詩作。

語言文學類　PG0644

仙藻集・小園集
——朱英誕詩集

作　　者 / 朱英誕
編　　注 / 陳均、朱紋
主　　編 / 蔡登山
責任編輯 / 林千惠
圖文排版 / 陳宛鈴
封面設計 / 王嵩賀

發 行 人 / 宋政坤
法律顧問 / 毛國樑　律師
印製出版 / 秀威資訊科技股份有限公司
114台北市內湖區瑞光路76巷65號1樓
電話：+886-2-2796-3638　傳真：+886-2-2796-1377
http://www.showwe.com.tw
劃撥帳號 / 19563868　戶名：秀威資訊科技股份有限公司
讀者服務信箱：service@showwe.com.tw
展售門市 / 國家書店（松江門市）
104台北市中山區松江路209號1樓
電話：+886-2-2518-0207　傳真：+886-2-2518-0778
網路訂購 / 秀威網路書店：http://www.bodbooks.com.tw
國家網路書店：http://www.govbooks.com.tw
圖書經銷 / 紅螞蟻圖書有限公司
114台北市內湖區舊宗路二段121巷28、32號4樓
電話：+886-2-2795-3656　傳真：+886-2-2795-4100

2011年11月BOD一版
定價：320元

國家圖書館出版品預行編目

仙藻集. 小園集 : 朱英誕詩集 / 朱英誕著.-- 一版.
-- 臺北市 : 秀威資訊科技, 2011.11
面； 公分.
BOD版
ISBN 978-986-221-839-6(平裝)

851.487 100017582

讀者回函卡

感謝您購買本書，為提升服務品質，請填妥以下資料，將讀者回函卡直接寄回或傳真本公司，收到您的寶貴意見後，我們會收藏記錄及檢討，謝謝！如您需要了解本公司最新出版書目、購書優惠或企劃活動，歡迎您上網查詢或下載相關資料：http:// www.showwe.com.tw

您購買的書名：______________________________

出生日期：________年________月________日

學歷：□高中(含)以下　□大專　□研究所(含)以上

職業：□製造業　□金融業　□資訊業　□軍警　□傳播業　□自由業

□服務業　□公務員　□教職　□學生　□家管　□其它_____

購書地點：□網路書店　□實體書店　□書展　□郵購　□贈閱　□其他

您從何得知本書的消息？

□網路書店　□實體書店　□網路搜尋　□電子報　□書訊　□雜誌

□傳播媒體　□親友推薦　□網站推薦　□部落格　□其他__________

您對本書的評價：(請填代號　1.非常滿意　2.滿意　3.尚可　4.再改進)

封面設計____　版面編排____　內容____　文／譯筆____　價格____

讀完書後您覺得：

□很有收穫　□有收穫　□收穫不多　□沒收穫

對我們的建議：______________________________

____

____

____

請貼
郵票

11466
台北市內湖區瑞光路 76 巷 65 號 1 樓
秀威資訊科技股份有限公司 收
BOD 數位出版事業部

(請沿線對折寄回,謝謝!)

姓　　名:＿＿＿＿＿＿＿＿＿　年齡:＿＿＿＿　性別:□女　□男

郵遞區號:□□□□□

地　　址:＿＿＿＿＿＿＿＿＿＿＿＿＿＿＿＿＿＿＿＿＿＿

聯絡電話:(日)＿＿＿＿＿＿＿＿＿＿(夜)＿＿＿＿＿＿＿＿＿＿

E-mail:＿＿＿＿＿＿＿＿＿＿＿＿＿＿＿＿＿＿＿＿＿＿